KB100258

고사리의
생존법

바일간 013

고사리의 생존법

한수언 소설집

서유재

| 차례 |

도와줘, 공세리

*

공세리는 평범한 학생이었다. 그 일이 있기 전까지는. 레전드 이즈 커밍 순!

　전학 온 지 일주일째, 수학 시간의 따분함을 견디지 못한 도훈의 눈이 책상 귀퉁이의 낙서에 머물렀다.

　'공세리가 도대체 누구야?'

　도훈은 옆자리의 손희나를 힐끗 쳐다보았다. 희나는 왼손으로 턱을 받친 채 머리를 이리저리 흔들며 졸음과 사투를 벌이고 있었다. 가끔 눈꺼풀이 파르르 떨렸고 입꼬리에는 말간 침방울이 떨어질 듯 말 듯 곡예를 부렸다. 마침내 희나의 오뚝이 같은 몸짓을 수상히 여긴 수학과 도훈의 시선이 마주쳤다. 도훈은 얼른 희나의 팔꿈치를 건드렸다. 희나가 눈을 앙칼지게 부릅떴고, 수학은 옅은 한숨을 토했다. 고맙다고 속삭이는 희나에게 도훈은 피식 웃어 보였다.

　교실을 휘 둘러보았다. 경직되거나 위축된 얼굴은 없었다. 아이들은 적당히 긴장돼 있고, 또 적당히 나사가 풀려 있었다. 이 얼굴들은 도훈에게 말할 수 없는 안도감을 주었다.

고위 공무원인 아버지의 지극한 교육열과 인맥으로 들어갔던 새암고는 명문으로 소문이 자자한 곳이었다. 그래서인지 부유층과 고위직 관료의 자식들이 다수였다. 계급에 대한 욕망이 학업 스트레스를 압도하는 강력한 동기가 되어 새암고 아이들은 당장의 고통을 기꺼이 외면했다.

하지만 입학 커트라인에 겨우 턱걸이로 들어간 도훈에게는 하루하루가 생지옥이었다. 빡빡한 수업과 엄격한 통제, 경쟁과 차별로 도훈은 웃음을 잃고 시들어 갔다. 학교는 국가의 차기 인재를 길러 내는 인큐베이터이면서 동시에 청춘을 서서히 죽음에 이르게 하는 무덤이었다. 도훈은 나날이 강도가 높아지는 수업과 훈련에 현기증을 느꼈다.

그러던 어느 날, 도훈을 위기에서 구원해 줄 소식이 들려왔다. 아버지가 차기 첨단 연구도시로 손꼽히는 무중시의 비밀 프로젝트 담당자로 발령받은 것이다.

기존 연구도시의 과밀화 문제를 해결하기 위해 정부에서 임시방편으로 급하게 만든 도시이다 보니 인프라가 턱없이 부족했다. 좋게 말하면 한적한, 나쁘게 말하면 산간벽지에 가까운 곳이었다. 허름하고 소박한 학교 건물을 본 도훈은 터져 나오는 기쁨을 주체할 수 없었다. 도훈은 드디어 파릇한 고교 시절을 보낼 수 있을까 하는 기대감에 온몸을 부르르 떨었다.

영지고에서의 산뜻한 출발 이후 도훈은 심심찮게 공세리의 이름을 듣게 되었다. 실체 없는 그 이름은 잊을 만하면 도훈의 뒤통수를 콕콕 찔러 댔다.

결국 수학 시간이 끝나고 호기심을 못 이긴 나머지 희나에게 조심스레 물었다. 희나는 그윽한 눈빛으로 도훈의 상기된 얼굴을 바라봤다.

"이건 우리 반 애들 몇몇만 알고 있어. 담임도 모르는 사실이야. 네가 전학 온 이유에 공세리가 관련이 있으니 특별히 귀띔해 줄게."

미어캣처럼 주위를 살피며 희나는 눈을 희번덕거렸다. 덩달아 도훈도 자세를 바싹 움츠렸다.

"공세리는 공성각 박사님의 외동딸이야. 우리 아빠 공성각 박사님과 같은 연구소에서 사이보그를 개발하고 있고. 두 분이 가깝게 지내셔서 나랑 세리도 친해. 너희 아빠가 이번에 맡으신 비밀 프로젝트는 회복 불가능한 신체 훼손이나 뇌사, 혼수상태에 빠진 사람을 사이보그로 개조하는 거래. 경찰 업무에 쓰이도록 추진하는 거라고 들었어. 부분적인 사이보그는 수십 년 전부터 있었지만 이번처럼 뇌를 제외한 90퍼센트 이상의 전신형은 없었어."

도훈도 한국 최초로 세계에서 가장 권위 있는 로봇 상인 골든 로봇 상을 수상한 공성각 박사의 명성은 익히 들어 알고 있었다.

"석 달 전쯤 세리가 길가에 쓰러진 할머니를 도우려다 작동 오류의 무인운전 차량에 치이는 사고가 있었어. 하필 차가 폭발하면서 세리는 의식 불명에 빠지고 말았어. 전신화상에 식물인간 상태로 최악의 경우 사망도 생각해야 했지. 고심 끝에 아저씨는 연구 중인 '리바이벌 프로젝트'를 세리에게 쓰기로 하셨어. 결국 아저씨는 전신 사이보그 기증자로 세리를 내세웠고 바로 허가가 떨어졌지."

"전신 사이보그?"

"응. 하지만 생각보다 뇌 손상이 심각해서 실패할 거라는 예측이 많았나 봐. 일단 뇌와 척수가 보존돼야 전기신호로 척수 밑의 기계 몸을 움직이는 데 성공할 수 있거든. 얼마 전 개조 수술을 끝내고 지금은 회복 중이라고 들었어. 세리가 무사히 돌아오게 기도하자고 몇몇 친구에게만 말했는데…… 이미 반에는 소문이 다 퍼져 버린 것 같아. 어쨌든 모두 같은 마음으로 세리가 무사히 돌아오길 손꼽아 기다리는 중이야."

영화나 애니메이션에서 보던 날렵한 동작과 가공할 힘을 가진 사이보그라니. 조만간 신체 대부분이 매끈한 티타늄으로 이뤄진 소녀가 등교할 거란 상상만으로 도훈의 피가 뜨겁게 달아올랐다.

불의에 타협하지 않는 고독한 히어로가 온갖 역경을 딛고 악을 처단함으로 승리를 쟁취하는 장면은 언제 보아도 짜릿하고 통쾌했다. 그의 시작이 초라하고 나약할수록 쾌감도 비례해서 상승했다.

슈퍼 히어로물 마니아인 도훈은 지금보다 강해지고 싶다는 열망에 줄곧 사로잡혀 있었다. 도훈은 특히 〈다이너마이트 제로〉의 열혈 팬이었다. '제로'는 마블의 스페이스 오페라 물인 〈다이너마이트 제로〉의 주인공으로, 킥복싱을 기반으로 한 화려한 무술 실력을 뽐내는 슈퍼 히어로였다. 중학교 3학년 때 킥복싱 학원에 등록한 것도 순전히 제로 때문이었다.

두툼한 샌드백에 주먹을 내지를 때의 묵직한 느낌은 말로 설명할 수 없이 벅찼다. 숙련자에겐 별거 아닌 솜방망이 펀치로 보였겠지만, 도훈은 더없이 진지했다. 기필코 언젠가는 자신을 둘러싼 벽들을 부숴 버리겠다는 투지로 불타올랐다. 훈련은 때로 시련을 동반했다. 주먹이 헛돌아 손가락뼈가 부러졌고 장난삼아 벌인 스파링에서는 상대방 주먹에 맞아 쇄골에 금이 갔다. 아파서 눈물이 찔끔 났지만 멈출 수 없었다. 정상으로 가는 길이 쉬울 것이라고 생각한 적은 없었다. 오히려 뼈가 붙을 때까지 어렵게 쌓아 올린 감각을 잃을까 봐 조바심이 났다. 회복하자마자 훈련 강도를 조금씩 늘려 갔다. 이전의 사고들을 교훈 삼아 안전장비도 철저히 갖췄다.

잽, 잽, 스트레이트, 라이트 어퍼컷, 레프트 훅!

역시 노력은 배신하는 법이 없었다. 타격도 제법 먹혔고, 들어오는 공격도 잘 방어했다. 영리하고 좋은 승부로 기억되는 날들이 차츰 늘어 갔다. 이대로 주니어 시합에 나가 볼까 하는 희망도 새록새록 피어올랐다.

꽉 찬 훈련의 뿌듯함을 안고 집으로 돌아오던 어느 날이었다. 어두운 골목길에서 가냘픈 신음이 들려왔다. 여럿이 한 명을 둘러싸고 있었다. 끼어드는 건 무모한 짓이었다. 모른 척 지나칠까 싶다가도 〈다이너마이트 제로〉의 한 장면이 도훈의 뒤통수를 잡아챘다. 그간 배운 킥복싱이면 승산이 있지 않을까 하는 생각도 들었다.

어렵사리 용기를 내 뛰어든 현실은 영화와 완전히 달랐다. 도훈의 미들 킥에 한 놈이 나동그라지자 그들은 눈이 뒤집히고 말았다. 상대방이 칼을 꺼내는 순간 당황한 도훈을 둘러싸고 난투극이 벌어졌다. 한번 겁을 먹고 나니 몸이 마음대로 움직이지 않았다. 제대로 된 공격은커녕 닥치는 대로 두들겨 맞기만 했다. 정작 피해자는 그 틈을 타 재빨리 도망친 후였다. 온몸을 후비는 칼날 같은 고통에 숨조차 제대로 쉬기 힘들었다. 내장이 터지는 느낌과 함께 뜨끈한 피가 바닥에 흥건하게 고여 들었다. 지나가던 사람에게 발견되기 전까지 도훈은 전신이 타들어 가는 느낌 속에서 철저하게 혼자 버려져야 했다.

오른쪽 팔과 코뼈, 갈비뼈가 부러졌다. 크고 작은 타박상으로 한동안 온몸에 시꺼먼 멍을 달고 다녀야 했다. 완전히 회복하는데 꼬박 반년이 걸렸다. 하지만 회복된 후에도 도장에 갈 엄두가 나질 않았다. 갈고닦았던 킥복싱이 위험할 때 자신을 지켜주지 못했다는 실망감과 내 주제에 무슨 격투기 같은 조롱하는 마음의 소리 때문이었다. 샌드백을 보면 그날의 두려움이 떠올라자꾸 위축되기도 하였다.

문득 도훈은 오른팔의 희미한 흉터를 빤히 바라보았다. 연약한 자신과는 달리 인간 신체의 한계를 훌쩍 넘어섰을 공세리가 부럽기도 하고 궁금해 견딜 수가 없었다.

히어로의 등장은 언제나 특별하다. 아니나 다를까, 그날은 아침부터 무섭게 폭우가 쏟아졌다. 비릿한 습기에 모두 축 처진채 수업을 필사적으로 견디는 중이었다. 나긋나긋한 담임의 목소리를 가르며 드르륵 앞문이 열렸다. 아이들의 고개가 일제히돌아갔다.

시선의 끝자락에 까만 비옷으로 얼굴을 가린 이가 서 있었다. 분홍빛의 얇은 입술만 간신히 보였다. 체구는 작은 편이었고 옷자락 아래로 얄팍한 흰 다리가 보였다. 도훈은 직감적으로 공세리라는 걸 알아챘다.

"야, 공세리지? 공세리 맞지!"

기다렸다는 듯이 희나가 외쳤고, 뜸을 들이던 방문자가 얇은 손가락으로 후드를 벗어젖혔다. 얼굴이 드러나고 교실은 함성으로 들끓었지만, 도훈의 귀에는 아무것도 들리지 않았다.

공세리는 뭐 하나 특출할 것 없는 단발머리의 평범하고 앳된 소녀였다. 근육이 우락부락한 것도, 눈빛이 살벌하게 빛나는 것도 아닌데 도훈은 전기에 감전된 것처럼 찌릿했다. 열광적인 아이들의 반응에도 공세리는 지극히 차분했다. 그 예사롭지 않은 태도에 도훈은 침을 꼴깍 삼켰다. 도무지 가공할 위력과는 어울리지 않는 흔하디흔한 공세리의 외모에서 도훈은 쉽사리 시선을 떼지 못했다.

함께 온 공 박사가 귀엣말을 건네자 공세리는 침착하게 빈자리로 가 앉았다. 공 박사와 담임이 앞문으로 사라지자 아이들의 시선이 공세리에게 집중되었다. 잠시 후, 홀로 돌아온 담임이 아이들을 진정시키며 말문을 열었다.

"희나 아버님이 공 박사님과 같은 연구소라서 이미 일부는 알고 있다고 들었다. 세리가 돌아온 건 마땅히 우리 모두 축하할 일이지. 너희들의 뜨거운 성원에 박사님도 가슴이 뭉클했다고 하시더구나. 다만, 세리에게 조금 사소한 문제가 있다면서 특별한 당부를 전하셨다. 수술은 성공했지만 아무래도 머리를 다친 여파로 기억의 일부가 돌아오지 않고 있다고 하는구나. 그 부분에 대해서는 계속 치료 중이니 혹시 좀 유별나게 굴더라도 놀라지 말라고 하셨다. 오늘은 여기까지다, 이상!"

담임이 나가자, 또 한 번 교실이 술렁였다. 공세리의 귀환 때문인지 학교 안팎으로 경비가 삼엄해진 건 새로운 변화 중 하나였다. 복도에는 검은 양복 차림의 남성들이 심심찮게 눈에 띄었다. 아이들은 경비 인력을 총동원해도 공세리의 전투력이 더 셀 것이라며 쑥덕거렸다.

그때 교실마다 모니터가 켜졌다. 교장 선생님이었다. 정부에서 지시한 보안상의 정책이니 괜스레 공세리에 관해 설레발 떨지 말고 학업에 임해 달라는 당부의 말이었다. 화면이 꺼지자마자 아이들은 가로등 밑 불나방처럼 공세리의 주변으로 모여들었다.

"완전 멀쩡하게 부활했네? 한국 과학 기술이 이 정도 경지였냐. 아무튼 돌아온 걸 축하해!"

"겉으로 봐서는 사이보그인 줄 전혀 모르겠어. 진짜 감쪽같아!"

"뇌를 얼마나 많이 다쳤길래? 다른 데는 괜찮아? 좀 만져 봐도 돼?"

하얀 도화지처럼 무표정했던 공세리의 얼굴이 서서히 구겨지기 시작했다. 얼굴이 씰룩거리더니 급기야 울음을 터뜨리고 말았다. 느닷없는 울음에 모두 말문을 잃었다.

"무서워. 집에 갈래."

교통사고 후유증이란 건 참으로 무서웠다. 희나가 아버지에게 들은 정보는 이랬다.

심각한 뇌 손상에 해당하는 외상성 경막하출혈로 코마 상태에 빠진 공세리는 얼마 후, 로봇산업부의 허가를 받아 사이보그 개조 실험을 허가받는다. 공 박사의 빠른 판단이 뇌의 회복을 원상태로 돌려놓길 기대했지만 예상보다 상황은 더 나빴다. 전두엽과 측두엽이 모두 손상되면서 대략 일곱 살 때의 기억에 머무르게 된 것이다. 이마저도 인공 해마 칩을 추가로 주입해 뇌 기능을 최대로 끌어올려 가능케 한 결과였다. 공 박사는 낙담하기보다는 최선의 성과에 의미를 두기로 했다. 충격으로 인한 일시적인 기억 손상이라고 낙관하는 게 결과에 절망하는 것보다는 여러모로 나았다. 일상으로 돌아가 기적처럼 기억이 떠오르는 일도 왕왕 있었기에 학교로 보내 천천히 지켜보기로 한 것이다.

이 놀랍도록 어처구니없는 사실에 아이들은 적잖이 당황했다. 오로지 당사자인 공세리만이 천연덕스러운 얼굴이었다. 현저하게 낮아진 참을성과 산만함은 기본이요, 어린이 특유의 엉뚱함까지 더해진 공세리는 일곱 살 아이다운 천진난만함을 보여 줬다.

가령 '새들은 왜 무리를 지어 하늘을 날아요?'라든지, '사람은 죽으면 어디로 가요?'부터 심지어 최고 난이도라 할 수 있는 '아기는 어떻게 생겨요?'와 같은 애매하고 민망한 질문을 서슴없이 툭툭 뱉었다. 누군가 대답할 때까지 반복했고, 대답해 주면 그때부턴 '왜요?'를 반복하며 사람 속을 뒤집었다. 공세리는 말뿐만 아니라 돌발 행동으로도 사람들을 곤란하게 했다.

조용한 수업 시간에 벌떡 일어나 놀러 나가겠다고 조르거나 반 친구들의 물건을 건드리며 다니는 건 양반 축에 속했다. 이런 행동에도 성이 차지 않으면 갑자기 격렬한 댄스 타임을 갖거나 고래고래 생떼를 부려 모두를 기겁하게 했다. 어린이가 자기만의 상상 친구와 놀듯이 세상 만물과 대화를 시도하기도 했다. 참새, 개미 같은 생물에서부터 달걀 껍데기, 찌그러진 종이컵 같은 무생물은 물론이오, 다섯 살 때 키웠지만 지금은 하늘나라에 있다는 유령 병아리 삐요까지…… 모두 편견 없는 공세리의 친구가 되었다. 티 없이 밝게 지내다가도 갑자기 엄마가 보고 싶다며 서럽게 울 때는 선생님까지 동원돼서 달래느라 진땀을 뺐다.

아이들은 공세리의 변화에 적잖이 당황했지만 금방 이해하고 넉넉히 감싸주었다. 누가 뭐래도 공세리는 선행을 하다 죽음의 문턱에서 돌아온 불사의 영웅이었다. 공세리의 엉뚱한 에너지 덕에 무료하던 학교에는 활기찬 바람이 불었다.

진도를 따라가기 어려운 공세리는 복도에 마련한 임시 텐트 교실을 사용했다. 보조 교사의 지도 아래에 유아교육용

VOD를 시청하며 부족한 사회성을 학습했다. 〈울리불리 유치원〉, 〈골목대장 아이씨〉 같은 걸 보며 까르르 순진한 웃음을 터뜨렸다. 그 예고 없는 해맑은 웃음에 도훈은 시도 때도 없이 가슴이 뛰었다.

처음에는 낯설어서 울먹이던 공세리 역시 친구들의 배려로 조금씩 안정을 되찾았다. 특히나 생전에도 베프였던 희나는 공세리의 보호자를 자처하며 그림자처럼 따라붙었다. 공세리 역시 살뜰히 챙기는 희나를 아기 새처럼 쫓아다녔다. 희나의 짝인 도훈도 자연스레 친구가 되어 갔다.

한번은 공세리의 볼펜이 떨어져 도훈의 발치께로 굴러왔다. 공세리를 닮은 하얀 토끼 대가리가 볼펜 꼭지에 매달려 덜렁거렸다. 버튼을 누르면 귀가 팔랑대며 경쾌하게 움직였다. 도훈은 볼펜을 주워서 건넸다.

"이거, 떨어졌어."

공세리가 배시시 웃으며 손을 뻗었다. 이음새 하나 없는 팔꿈치 관절의 완벽한 마감이 도훈의 경탄을 불러일으켰다. 두 사람의 손가락이 맞닿았다. 보드라운 감촉과 함께 미미한 온기가 느껴졌다. 인간의 평균체온인 36.5도로 유지되는 섬세한 기술력까지…… 공세리는 하나부터 열까지 완벽했다.

"도후니 오빠, 고맙뜸다."

맞춤법을 귀엽게 무시하며 공세리는 생글생글 웃었다. 비록 언어 구사력은 아쉽지만 볼우물이 살짝 패이는 것까지, 공세리의 완벽한 감정 표현이 도훈은 경이로웠다.

수업이 끝나면 공세리는 교문 입구에서 대기 중인 검은 세단을 타고 황급히 사라졌다. 도훈은 벌써 며칠째 아버지 얼굴을 볼 수 없었다. 안에 함께 탄 사람이 혹여나 아버지는 아닐까 싶어 까치발로 차 너머를 기웃거렸다. 누군가 도훈의 어깨를 세게 쳤다. 짧은 탄성과 함께 고개를 들자, 이죽거리는 눈빛이 다가들었다.

"뭐, 이 새꺄. 불만 있어?"

백승빈이었다. 도훈은 조개처럼 입을 꽉 다물고 시선을 피했다. 승빈은 학교에서 일어나는 대부분의 폭력과 금품갈취의 중심에 서 있는 인물이었다. 승빈에게 찍혔다면 선택지는 두 개였다. 그의 여러 졸개 중 하나가 되거나 먹잇감이 되거나. 위험분자와는 엮이지 않는 게 상책이었다. 도훈은 고개를 숙이고 얼른 등을 돌렸다.

"공세리, 저거 사이보그 아닌 거 같지? 사이보그 개조에 실패해서 7살 저능아가 된 거에 한 표 던진다. 괜히 뽀록나면 모양 빠지고 쪽팔리니깐 학교 끝나고 꽁지 빠지게 도망치는 거야. 얼어 죽을 사이보그는 무슨."

"야, 승빈이 말 설득력 있다. 역시!"

승빈의 졸개들이 고개를 주억거리며 맞장구쳤다.

"사이보그라면서 뭐 저렇게 비리비리해. 손에서 레이저도 팡팡 쏘고, 쇠파이프도 막 구부리고 그래야 하는 거 아니냐? 일주일이 넘었는데 아무것도 한 게 없어. 안 그래?"

공세리를 모욕하는 언행에 언짢아진 도훈은 양미간을 한껏 찌푸렸다. 그러나 의구심이 스멀스멀 올라오는 건 승빈뿐만은 아니었다. 인정하기 싫지만 가만 생각해 보면 어느 정도 일리가 있었다. 보통의 인간과 외관상으로 구별이 안 된다면 무슨 수로 사이보그임을 증명한다는 말인지. 여태껏 공세리는 사람들이 기대하는 시각적인 충격을 보인 적이 없었다. 사이보그 개조에 정말 실패한 것일까. 생각만 해도 기운이 쪽 빠졌다. 저 무례한 자식의 주둥이가 쏙 들어가도록 공세리가 뭐라도 보여 줬으면 싶었다. 도훈은 백승빈의 입꼬리에 걸린 비열한 미소에 꺼림칙한 기분을 떨칠 수 없었다.

"세리야, 너 사이보그면 뭔가 우리랑은 좀 다르겠다. 벽 같은 데 주먹으로 치면 우르르 무너진다거나, 백 미터 밖의 소리도 듣는다거나 그래?"

공세리가 콧구멍을 후벼 파던 손가락을 멈추고 희나를 말끄러미 바라봤다.

"아빠가 그랬는데 어, 힘 막 아무 데서나 막 어, 보이면 안 돼! 그래쩌."

김새는 대답이었다. 희나는 궁금한 것은 제 아빠의 메일을 해킹해서라도 알아내는 집요한 아이였다. 어딘가 구린 냄새를 맡은 실눈에 웃음기가 서렸다. 희나는 아까보다 훨씬 더 부드러운 어조로 타일렀다.

"우린 친구잖아. 그것도 제일 친한 친구! 나한테도 못 보여 줘?"

"그치. 근데…… 아빠가 어 그러는 거 안 된다고 그래쪄."

"나랑 도훈이한테만 보여 줘. 애들이 너 사이보그라는 거 다 거짓말이라고 수군거리는데 화가 나서 참을 수 없어서 그래."

"나 몰라. 혼자서 어떻게 하는지 몰라아아."

공세리의 얼굴에 마뜩잖은 기색이 비쳤다. 퉁방울 같은 눈을 도훈에게 끔뻑이며 입술을 바르르 떨었다. 이건 아니다 싶었다.

"야, 그만해. 안 된다잖아. 애 울겠다."

도훈은 오른손으로 공세리와 희나 사이를 막았다. 도훈이 성품이 점잖고 매너가 있어서가 아니었다. 누구보다 공세리의 업그레이드 된 신체의 비밀이 궁금했지만 이렇게 어르고 달래서 보는 건 영 찜찜했다. 일어날 일은 반드시 일어난다고 도훈은 믿었다. 공세리의 존재를 꼭꼭 숨긴다 하더라도, 희나가 쥐 잡듯 몰아붙이지 않더라도 언젠가는 세상에 알려질 게 분명했다. 슈퍼 히어로물에서 주인공의 정체가 탄로 나지 않은 적은 단 한 번도 없었기 때문이다.

점심을 먹고 셋은 밖으로 나왔다. 바야흐로 초여름의 기운이 교정을 뒤덮었다. 제법 선선한 바람이 불어와 옷깃을 매만지자 나른한 식곤증이 한 걸음 물러나는 것 같았다. 신이 난 희나가 공세리의 팔짱을 꿰찼다. 공세리는 헤벌쭉 웃으며 희나 옆에 찰싹 달라붙어서 볼을 비볐다.

"있지, 우리가 좋아했던 '비타민즈' 기억나? 왜에, 학교 끝나고 공개방송도 보러 갔잖아. 너 우효 오빠 너무 좋다고 맨날 보러 가자고 그랬잖아. 기억 안 나?"

공세리는 잠시 생각하는 듯하더니 고개를 도리도리 저었다.

"난 '에그머니'가 제일 좋아. 〈골목대장 아이씨〉에 나오는 싸움 잘하는 꼬꼬닭. 빼액 소리 지르고 화나면 막 머리 흔들어, 그게 제일 웃겨. 히히히."

공세리의 해맑은 대답에 희나가 고개를 절레절레 저었다.

"진짜 하나도 기억 안 나? 세리 너를 위해서라도 노력을 해야지."

채근하는 희나를 보며 공세리가 또다시 희멀건 낯을 천천히 찡그렸다. 학교와 집, 방과 후 끌려가는 연구실에서도 원래 나이인 17세를 자각하라고 강요당하는 건 아닐까 도훈은 걱정스러웠다. 거기까지 생각이 미치자 마음 한구석이 저릿했다. 열심히 눈알을 굴려 대며 희나에게 만족스러운 대답을 해 주려고 애쓰는 공세리가 안타까웠다.

"영원히 일곱 살에 갇혀서 시간이 흐르면 어떡해? 세리가 가여워."

희나가 한숨을 쉬었다. 희나의 걱정에도 아랑곳없이 공세리는 기억해 내기를 이내 포기하고 날아다니는 나비를 쫓아 껑충껑충 뛰어다녔다. 잎사귀 사이로 떨어지는 햇볕이 공세리의 얼굴에 아련한 빛 그늘을 만들었다.

"야! 거기!"

갑작스레 머리 위에서 고함이 들렸다. 뜬금없게도 옥상에서 화분이 떨어지고 있었다. 정확히는 희나가 서 있는 위치를 향해.

"꺄아악!"

"위험해, 희나야!"

도훈이 희나를 떠밀기 직전, 번쩍하는 빛이 눈앞에 스쳤다. 도훈은 보이지 않는 강한 힘과 부딪히며 엉덩방아를 찧은 후 데굴데굴 굴러갔다. 너무 빨라서 무엇인지 가늠할 수 없었다. 다행히 희나는 머리털 하나 다친 곳 없이 무사했다. 공세리가 희나를 가뿐하게 안고 피했기 때문이었다. 화분은 희나가 있던 자리에서 산산조각이 나 있었다.

"휘유! 사이보그 맞구먼, 공세리!"

옥상 난간 너머로 승빈의 패거리가 보였다. 하마터면 크게 다칠 뻔했는데 하나같이 실실 쪼개고 손뼉을 치는 게 환장할 노릇이었다. 생각할수록 그의 만행이 괘씸해서 도훈은 손가락 마디가 하얗게 되도록 주먹을 불끈 쥐었다.

"야, 이……."

"이 개자식들아! 너희 때문에 내 머리통 깨질 뻔했잖아! 그깟 사이보그인지 아닌지 확인하려고 이런 짓까지 해? 이거 살인미수라고! 진짜 뭐 저런 것들이 다 있어!"

희나가 악을 바락바락 쓰며 도훈의 목소리를 가로막았다.

"사이보그라는데 하도 의심스러워서 확인해 봤다. 동영상 증거도 남겼으니, 공세리 확실한 사이보그 맞다고 떠들고 다녀줄게!"

도훈은 어금니를 힘주어 깨물었다. 당장 뛰어 올라가 백승빈의 멱살을 움켜잡고 싶은 마음이 굴뚝이었다. 그러나 무참히 깨졌던 과거에 사로잡힌 비겁한 몸뚱이가 땅에 뿌리를 내린 듯 움직이지 않았다.

"이것 봐. 나 힘 무지무지 세. 내가 희나 언니를 들었네? 신기하다. 내 몸이 마음대로 막 움직여."

공세리의 말을 들은 도훈은 두 귀를 의심했다.

"그게 무슨 말이야. 마음대로라니?"

난감하기 짝이 없었다. 언뜻 나쁜 예감까지 더해졌다. 예상대로 한 시간도 채 되지 않아, 공세리가 희나를 구한 동영상이 모든 포털의 뉴스에 도배되었다. 보나 마나 백승빈 짓이었다.

그날 저녁, 집에 돌아온 아버지의 얼굴은 수심이 가득했다.

"여보. 쟤 저렇게 뉴스에 나와도 되는 거예요?"

"당연히 안 되지. 쟤가 멀쩡해 보여도 뇌를 다쳐서 일곱 살에 기억이 머물러 있는 애야. 실은 로봇산업부에서 개조 수술을 허가하면서 한 가지 조건을 제시했거든."

"무슨 조건이요?"

"음, 그게 일반적으로 볼 때 다소 논란이 될 수 있는데…… 공세리 모델이 성공하면, 머지않아 이 같은 사이보그 경찰특수대를 도입할 계획이었거든. 그래서 시범명령어를 프로그래밍한 칩을 같이 이식했어. 그중 하나가 '무고한 시민을 보호한다'야. 위험에 처한 이의 생체 반응을 센서가 민감하게 받아들이고 명령을 수행하게 되어 있지. 안정화되려면 시간이 필요하니깐 스스로 힘을 쓰지 못하도록 부분적으로 걸어 놓았고. 그런데 마침 위험한 상황이 나타나자 '폴리스 사이버네틱스 윤리법'이 발동되면서 시민 보호 명령이 먼저 적용된 거 같아. 하필이면 학교에서 사고가 터지는 바람에 알려지게 되었으니. 미성년자를 대상으로 실험했다며 분명히 윤리위원회니 뭐니, 여론의 질타가 거세지겠지. 윗선에서 언론 쪽 빨리 수습하라고 하도 성화를 부려서 골치가 다 아플 지경이야. 아무래도 내가 담당자라 징계를 피하긴 어렵겠어."

"키즈락이요? 그래서 여태껏 힘을 발휘하지 못한 거예요?"

잠자코 부모님의 대화를 엿듣고 있던 도훈이 참지 못하고 끼어들었다.

"맞다! 너 쟤랑 같은 반이지? 언론사에 동영상 갖다 판 놈 대체 누구냐? 하여간 하라는 공부나 하지 쓸데없는 데 정신이 팔려서는 말이야. 범인 색출해서 징계를 먹이라고 해야겠어."

"그럼 애초에 학교에 보내지 말았어야죠. 어떻게 열일곱 살짜리 애한테 그런 칩을 이식할 수 있어요? 과학자들은 양심도 없대요?"

"그 애 부모가 허락한 거다. 가족도 아닌 우리가 왈가왈부할 일이 아니야."

"아무리 그래도 그렇죠! 공세리 의사는 존중도 안 하고 멋대로 그러는 게 어디 있어요!"

"언제 깨어날지 죽을지도 모르는데, 그럼 식물인간인 채로 창창한 세월을 고스란히 날리는 게 낫겠니? 성공만 한다면 칩 따위, 제거하면 그만이다. 정부에서 이 성과 하나를 위해 지난 수년간 공 박사의 연구를 지원했어. 공공의 대의명분을 위해 자식을 사이보그로 만든 부모 마음은 어떨 것 같냐! 아마 모르긴 몰라도 걔 부모는 지푸라기라도 붙잡고 싶은 심정이었을 거다."

당혹감이 머리를 강타했다. 가만히 누워서 죽어가는 딸을 바라보는 공 박사의 심정을 고작 전학생 따위가 헤아릴 수는 없었다. 게다가 무르기엔 이미 엎질러진 물이었다.

"학교는 어른들이 생각하는 것만큼 안전하지 않아요. 어차피 드러나는 건 시간문제였어요."

의기소침한 도훈의 대꾸에 아버지의 얼굴이 한층 더 어두워졌다. 도훈은 제 방으로 슬그머니 물러났다. 복잡해진 머리 때문에 피곤했다. 침대에 누웠다. 몇 달을 병원에서 죽은 듯 누워 있던 공세리는 지금 없었다. 비록 과정이야 떨떠름하고 자의는 아닐지언정 살아 있으면 그만이다. 덕분에 위험에 빠진 친구까지 구했다. 도훈은 뉴스에 나온 공세리의 동영상을 재생했다. 순발력과 힘, 무엇 하나 놀라지 않을 수 없었다. 도훈은 몇 번이고 동영상을 재생하다 까무룩 잠이 들었다.

교실 뒷문으로 공세리가 들어오자 아이들이 함성을 질러 댔다. 땡볕에 잘 익은 토마토처럼 공세리의 얼굴이 벌겋게 달아올랐다. 등을 잔뜩 구부린 채 뻣뻣하게 걸어오는 모습이 겁에 질린 작은 생쥐 같았다.

"창피하다니까! 그만해."

공세리가 쑥스러워하자 아이들도 서로 머쓱한 눈빛을 주고받았다. 어쩐지 공세리는 어제 일을 계기로 조금 달라 보였다. 전보다 의젓해 보이는 건 아마도 자신의 봉인된 능력을 자각했기 때문일 것이다. 아버지인 공 박사로부터 주의사항 같은 당부도 단단히 받았을 것이다. 도훈은 공세리의 야무진 눈빛에서 전에 없던 기세를 느꼈다.

"세리에게 1차 각성이 일어난 거야."

희나는 이해력이 부족한 아이들을 앞에 앉히고 열심히 설명 중이었다.

"각성이라니?"

"전에 내가 사이보그다운 능력을 보여 달라고 했을 때, 혼자서는 못 한다고 자꾸 뺐거든. 거짓말이 아니었어. 현재 세리의 몸은 선량한 시민이 위험에 빠졌을 때 즉, '폴리스 사이버네틱스 윤리법'에 준하여 사이보그 기능이 동작하도록 만들어졌대. 순간적으로 곤경에 처한 타인의 음성, 호흡, 체온의 변화를 아주 민감하게 받아들여서 저절로 몸이 반응하게 인식되어 있다는 거야. 어이없게도 정부 측의 요구로 나중에 재난 예방 사이보그 경찰특수대를 만들려고 세리를 시범용으로 개조했다지 뭐야. 애초에 그 조건이 아니면 허가를 내주지 않겠다고 했으니 별수 없었겠지 뭐. 지금은 프로토타입인 데다가 위험 알고리즘 패턴이 일곱 살인 현재 지능에 맞춰져서 오만 가지 도움에 반응하는 게 흠이긴 한데, 이건 인공 해마 칩의 딥러닝이 차츰 보완해 줄 건가 봐. 여기까지가 아빠 메일을 해킹해서 알아낸 정보야."

다들 무겁게 고개를 끄덕이며 공세리를 바라봤다. 차차 드러나는 1차 각성의 효과는 놀라웠다.

2교시 수업 후, 혼자서 무거운 책 기둥을 안고 가던 부반장이 낑낑대다 안 되겠는지 화장실에서 나온 도훈에게 도움을 요청한 때였다.

"야 나 좀 도와줘. 무거워서 죽을 것 같아. 이것 좀 같이 들어……."

눈앞에 쌩하는 바람이 일었다. 어디선가 나타난 공세리가 둘 사이에 끼어 있었다.

"방금 도와 달래찌?"

"언제 왔어? 여기 방금 나랑 도훈이 말고는 아무도 없었는데……."

공세리는 대답 대신 해사하게 웃으며 아슬아슬한 책 기둥을 넘겨받았다. 두꺼운 책이 열 권도 족히 넘었는데 공세리는 공깃돌 잡듯 한 손으로 가뿐히 들었다.

3교시 수업, 과학실에서 남학생 한 명이 선생님을 도와 포르말린이 든 용기를 옮길 때였다. 긴장한 손이 미끄러지면서 놀란 남학생이 소리를 내질렀다. 즉시 공세리는 상상 초월의 반사 신경을 뽐내며 낙하하던 용기를 중간쯤에서 낚아채 안전한 장소로 옮겼다.

4교시 수업 직전에는 사물함 비밀번호를 까먹은 여학생 한 명이 발을 동동 구르며 '어떡해! 난 이제 끝장이야'라고 울먹거리자 바람처럼 나타난 공세리가 사물함을 주저 없이 부숴 버렸다.

5교시 체육 시간에는 1학년 2반 아이들이 편을 먹고 축구를 했는데 골대를 잘못 찬 남학생 한 명이 데굴데굴 구르며 비명을 질렀다. 이 소리를 듣고 혜성처럼 등장한 공세리가 환자를 업고 병원까지 한달음에 달려갔다.

하여간 도움이 필요한 곳엔 어디든지 빛의 속도로 나타났다. 심지어 화장실에서 바지춤이 지퍼에 끼여 곡소리를 내며 사색이 된 아이 앞에도 모습을 드러내 함께 볼일을 보던 남학생들이 진땀을 빼기도 했다.

무슨 사고를 칠지 몰라서 감시자로 보낸 20여 명의 요원은 실시간으로 공세리의 활약을 본부에 보고했다.

수십 킬로미터 밖까지 나노 단위의 시야가 가능한 시력에 열두 개의 마이크로폰은 나비의 날갯짓마저 분별하는 청력을 자랑했다. 미세한 발열반응과 파장을 감각하는 피부의 초감각 센서로 위급 상황임을 판단했고 이에 최적화된 구조 활동을 벌일 수 있게 생체 신호가 세팅되어 있었다. 환자의 날숨에서 나오는 바이오마커 가스를 통해 어떤 질병인지를 확인하고 진단할 수 있는 첨단의 기술력까지. 이 모든 게 집결된 눈부신 과학의 성과가 17세 여자아이의 신체에 녹아 있었다.

인공해마 딥러닝이 주변 환경과 맞물려 가파른 성장세를 보일 거란 공 박사의 예감이 들어맞는 순간이었다. 모두를 긴장시킨 비밀 계획은 그렇게 수월하게 흘러가는 듯했다.

공세리의 각성과 눈부신 활약은 비단 국가 차원의 이익으로

만 그치지 않았다. 폭력과 따돌림은 사라지고 학교에도 평화가 찾아왔다. 그러나 모두의 바람과는 달리 폭력은 새로이 진화한 형태로 모습을 드러냈다. 어김없이 그 중심엔 승빈이 있었다.

"아야야야, 도와주세요. 여기 선량한 학생이 죽어가요!"

"뭐야, 뭐야! 어떻게 도와줄까?"

"어, 공세리 잘 왔어. 나 좀 도와줘. 나 너무너무 배가 고파서 죽을 것 같아. 빵을 사 먹고 싶은데 돈이 없어."

"빵? 빵이 먹고 싶어? 잠깐만 기다려."

승빈은 혼신의 힘을 다해서 위기에 빠진 학생을 연기했다. 도훈은 승빈의 잔머리에 혀를 찼다. 따끈따끈한 크로켓을 오 분도 채 되지 않아 날름 받아먹는 모습이 얄밉기 짝이 없었다. 승빈은 각종 잡다한 심부름에 공세리를 동원하곤 했다.

주특기인 때리고 협박하기는 방과 후로 미루며 학교에서는 추악한 속내를 감췄다. 아이들을 마음껏 주무를 미끼는 이미 승빈의 손아귀에 있었다. 동의 없이 찍은 수치스러운 사진부터, 밝히고 싶지 않은 곤란한 비밀의 기록까지 다양했다. 일곱 살인 공세리가 이렇게 복잡한 사연을 알 턱은 없었다. 승빈의 타깃이 된 아이들은 수업이 끝날 무렵에는 눈에 띄게 안색이 어두워졌다.

학교 근처의 으슥한 골목 어귀, 승빈 패거리가 누군가를 또 협박하고 있었다. 도훈은 묘한 기시감에 사로잡혔다. 반 초주검이 났던 끔찍한 기억이 발끝부터 올라오더니 목까지 칭칭 감은 듯 꼼짝할 수 없었다. 가서 말려야 하는데 마음처럼 용기가 나지 않았다. 승빈은 도훈의 시선을 알아차리고는 인상을 썼다.

"씹새야. 구경났냐? 뭘 그렇게 빤히 쳐다봐?"

도훈은 바짝바짝 타들어 가는 목구멍으로 마른침을 삼키며 간신히 목소리를 쥐어짰다.

"그, 그만둬! 이 비겁한 자식들아. 니들은 왜 맨날 떼로 몰려다니면서 애들을 괴롭히냐?"

산만 한 덩치에 줄곧 미련한 움직임을 보이던 아이가 도훈에게 바싹 다가왔다.

"차도훈, 방금 뭐라고 씨부렸냐. 너도 쟤랑 같이 처맞을래?"

녀석이 도훈의 팔을 우악스레 낚아챘다. 하필이면 작년에 부러졌던 오른쪽 팔이었다.

"아악, 이거 놔!"

시큰한 통증이 단박에 팔뚝을 때렸다. 도훈은 고통에 몸부림치며 비명을 질렀다. 일순, 얼굴 앞에 낯선 바람이 일었다. 비틀렸던 팔이 자유롭게 움직이고 통증도 사라졌다. 찡그렸던 눈을 뜨자 낯익은 뒷모습이 보였다.

"세, 세리야!"

"도후니 오빠 괴롭히지 마. 이 못된 악당아!"

"고, 공세리. 너, 너, 연구소 가는 날 아니었냐?"

화난 얼굴의 공세리가 녀석의 손목을 세게 그러쥐었다. 다른 놈이 공세리의 뒤통수를 기습했으나 티타늄 합금의 내구력에는 어림도 없었다. 무모하고 멍청한 판단에 녀석은 주먹을 감싼 채 아파 죽겠다는 표정으로 쩔쩔맸다. 공세리가 잡은 손목을 뒤로 세게 튕겼다 놓자, 스트라이크를 맞은 볼링 핀처럼 패거리들이 바닥에 나뒹굴었다.

　"세리야, 백승빈 휴대폰에 친구들의 부끄러운 사진이랑 동영상이 한가득 있어. 그걸로 애들을 협박한다고. 부탁이야, 백승빈의 휴대폰을 뺏어서 모조리 지워 줘!"

　공세리는 백승빈의 휴대폰을 완력으로 냉큼 빼앗았다. 승빈은 낭패스러운 기색이 역력했고, 협박당했던 아이의 얼굴에는 화색이 돌았다. 악의 근원을 뿌리 뽑을 절호의 기회였다.

　"응? 아무것도 없쪄. 살색이랑 까만 점만 콕콕콕 찍혔는데? 이게 뭐야?"

　희비가 엇갈리는 순간이었다. 공세리의 키즈락이 19금 사진 앞에서 무너지지 않는 굳건함을 보여 준 것이다. 아무리 눈을 치떠도 공세리 눈에 그것은 모자이크였을 뿐, 고통 속에서 적나라하게 벌거벗은 신체를 증명할 길이 없었다. 승빈을 혼내 줄 유일한 구실이 물거품이 돼 버렸다. 망연자실한 도훈을 앞에 두고 승빈은 희희낙락하며 휴대폰을 돌려받았다.

　"차도훈, 너 아주 쓸데없는 짓을 했어. 오늘 끼어든 걸 반드시 후회하게 해 주겠어."

어렵게 마음을 먹고 나섰지만, 이런 절망적인 결과라니. 도훈은 골치가 지끈거렸다. 승빈의 독기 어린 협박에도 공세리는 기세등등하게 목소리를 높였다.

"승비니 오빠는 도후니 오빠 괴롭히지 마! 또 그러면 평생 누워서 밥 먹을 줄 알아, 흥!"

승빈 패거리가 눈알을 부라리며 별 더러운 꼴 다 봤다는 듯 가래침을 카악 퉤 뱉고는 어둠 속으로 빠르게 퇴장했다.

"도후니 오빠야, 안심해. 악당들은 이 몸이 해치웠다."

"고, 고맙다. 세리야."

"헤헤헤. 내가 좋아하는 〈무적 프린세스 헤일로〉 말을 따라 했다."

공세리가 배시시 웃었다.

"오늘은 연구소에 안 가?"

"응, 세리 좋아졌다고 두 밤 지나고 오랬어."

〈무적 프린세스 헤일로〉라면 도훈도 본 적 있는 인기 애니메이션이었다. 아라피트 왕국의 여덟 살짜리 공주 헤일로는 사고를 당해 깊은 잠이 들었다가 200년 후에 깨어나면서 엄청난 힘을 갖게 된 히어로였다. 공세리는 자신이 헤일로와 비슷한 처지라는 걸 알고는 있을까? 애틋한 연민의 감정이 도훈을 부드럽게 감쌌다.

"너 〈다이너마이트 제로〉 알아? 만화영화지만 인기가 많아서 영화로도 만들어졌어. 주인공 제로는 내가 제일 좋아하는 캐릭터야. 지난번 한국에 왔을 때 제로를 직접 만나려고 공항에 마중까지 나갔어. 제로를 연기한 배우에게 운동화에 사인도 받았어. 이것 봐, 이건 제로를 모델로 만든 한정판 운동화야. 내가 가진 물건 중 제일 비싸."

도훈의 보물 1호 운동화를 공세리는 반짝이는 눈으로 바라보았다. 공세리라면 자기 심정을 이해해 줄 수 있을 거라는 생각에 좀 더 솔직한 이야기를 꺼내고 싶었다. 비록 일곱 살 아이로 머물러 있다는 걸 알면서도 무작정 털어놓고 싶었다.

"이걸 신으면 약하고 보잘것없는 내가 뭔가 좀 달라진 사람이 된 것 같아. 왜 주인공들이 아이템으로 레벨 업 하면 무적이 되는 것처럼! 실제의 난 개뿔 아무것도 아니지만 말이야."

"헤일로도 왕관이랑 마법 봉 없으면 못 싸워! 무기는 무지무지 소중해!"

공세리가 운동화의 사인을 손끝으로 조심스레 더듬었다. 그 모습이 진지하면서도 웃겨서 도훈은 빙그레 미소를 지었다.

"키즈락을 풀 방법이 없을까? 백승빈이 며칠째 널 단단히 벼르고 있던데……."

희나가 구시렁거렸다. 저만치 뒤에서 입술을 이죽거리며 둘을 노려보는 승빈의 패거리가 보였다.

"야, 손희나, 혹시 말이야. 내가 십 분 이상 안 보이거든 꼭 날 찾으러 와. 알았지?"

승빈의 험악한 얼굴이 끈질기게 따라다녀서 도훈은 숨이 턱턱 막혔다. 먹잇감이 무리에서 떨어져 홀로 남기만을 기다리는 하이에나 같았다. 공세리와 될 수 있으면 붙어 있었지만, 학교 어딜 가도 승빈의 졸개들이 일거수일투족을 노렸다. 도훈은 핏빛 미래를 떠올리다 간담이 서늘해졌다.

그날은 전날부터 꿈자리가 뒤숭숭했다. 아니나 다를까 희나가 난처한 얼굴로 말했다.

"어떡하지? 이따 점심시간 끝나고 방송반 때문에 같이 못 있겠다. 세리도 선생님이 과학 기물 오는 날이라고 좀 도와달라고 한 것 같던데."

"할 수 없지. 너희 없다고 설마 대낮에 학교에서 변사체로 발견되기야 하겠냐. 내 걱정은 마……."

겉으로는 태연한 척 여유를 부렸으나, 성큼 다가온 불길한 예감에 초조해지기 시작했다. 도훈의 짐작대로 낯선 번호로 메시지가 왔다.

밥 먹고 체육관 후문으로 와. 쥐새끼처럼 도망갈 생각 말고 아무도 모르게 너 혼자. 공세리한테 말했다가는 뒤진다.

피하기만 하는 게 능사는 아니란 걸 도훈도 알고 있었다. 장렬한 최후를 맞이할지 의외의 선방을 날릴지, 길고 짧은 건 대봐야 했다. 물론 지금 전망으로는 전자일 가능성이 조금 더 농후했지만.

"그래, 죽기 아니면 까무러치기지. 세리도 있으니깐 설마 죽이지는 않을 거야. 쫄지 말자!"

도훈은 공세리처럼 각성이 된다면 얼마나 좋을까 생각했다. 부디 자신도 미처 깨닫지 못했던 강력한 잠재력이 폭력의 트라우마를 산산이 깨부수길 간절히 바랐다.

"평범한 호모 사피엔스 주제에 기적이 일어날 리가 없지."

도훈은 도살장에 끌려가는 소처럼 무거운 발을 질질 끌며 체육관으로 향했다.

설립된 지 40년도 넘은 학교라서 이곳저곳 낡은 곳이 많았다. 체육관도 며칠 전부터 보수 공사 중이라 학생들의 출입을 금하고 있는 터였다. 눈엣가시 같은 공세리가 자리를 비운 걸 파악한 승빈이 이 사각지대를 절대로 놓칠 리 없었다.

"겁대가리 없는 전학생 인제 오냐? 빨랑빨랑 안 튀어오지, 좆만아."

"왜 불렀어?"

"왜긴! 공세리 믿고 네가 너무 나대니깐. 그게 내 신경을 거슬리게 하거든. 야, 잡아!"

승빈의 졸개들이 다짜고짜 달려들어 도훈의 양팔을 압박하고 입에 테이프를 감았다. 양쪽에서 주먹이 배에 날아드는 찰나, 순간적으로 몸을 비틀며 자세를 낮췄다. 왼쪽에 서 있던 졸개1이 손을 놓치자 도훈은 빠르게 로우킥으로 치고 빙글 돌아서 빠졌다. 이어서 안면으로 날아드는 졸개2의 주먹을 피해 복부에 주먹을 날렸다. 순발력만큼은 예전의 기량이 나온 것 같아서 내심 기뻤다.

마구잡이로 내지르는 주먹을 가볍게 피하고 훅을 날리자 졸개3이 땅바닥에 엎드려 신음했다. 앞에 보이는 남은 졸개는 얼추 두세 명. 이 정도라면 승산이 있었다. 그런데 백승빈이 보이지 않았다.

"어디서 쳐 본 건 있어서. 너만 킥복싱 한 거 같지, 새끼야."

테이프를 떼어 내려고 하는 순간 백승빈의 팔꿈치가 등에 꽂혔다. 왈칵 쓴물이 올라왔다. 무게가 실린 옆차기까지 이어지자 고통이 밀려왔다. 도훈은 가드를 올리며 반격의 틈을 노렸다. 빈틈을 파고들어 승빈의 한쪽 다리를 재빨리 걸었다. 승빈이 바닥으로 엎어지면서 흙먼지가 풀썩 일었다.

"우와아악!"

졸개들은 도훈의 기합과 저돌적인 모습에 주춤거렸다. 승빈이 일어서자 도훈은 회심의 니킥을 날렸다. 승빈이 데굴데굴 굴렀다. 정통으로 맞은 건 아니지만, 일그러진 얼굴을 보니 어느 정도 타격을 가한 게 확실했다.

삐이익!

고막을 사정없이 찢는 날카로운 하울링에 도훈이 인상을 찡그리며 두 귀를 막았다. 스피커에서는 희나의 낭랑한 목소리가 흘러나왔다.

"안녕하세요! 영지고 학우 여러분! 오후의 나른함을 떨쳐 줄 귀르가즘 뮤직을 소개하는 코너 '영지 송 투유' 시간입니다. 오늘은 우리의 스트레스를 날려 주는 영원한 건강식품, 비타민즈의 불멸의 히트 송 〈리틀 자이언트〉를 들려드리겠습니다."

도훈은 그만 잊고 있었다. 상대는 여럿이고 자신은 혼자라는 걸. 싸움이 끝날 때까지 방심은 절대 금물이란 걸. 후회하기엔 이미 늦어 버렸다. 뒤통수에 닿는 강한 충격에 맥없이 고꾸라지고 말았다. 온갖 욕지거리와 빠른 비트의 EDM 사운드가 한데 뒤엉켜 귓가를 파고들었다.

"씨발, 이 새끼가 어디서 기어 올라! 야, 다들 와서 밟아!"

도훈은 필사적으로 앞으로 기어갔다. 승빈이 낄낄대며 손가락을 지그시 밟자 악 소리가 절로 났다. '날 짓밟는 모든 굴레를 뚫고 소중한 것들을 지켜 가겠어'라는 가사가 아득하게 들렸다. 지금 이 순간의 도훈에게는 지독한 아이러니나 다름없었다. 무차별적 난타가 쏟아졌다. 목구멍으로 피가 흘러나오기 직전, 겨우 테이프를 떼어 냈다. 참고 있던 비명이 날카롭게 터져 나왔다.

"아아아악!"

승빈이 밭은 숨을 몰아쉬며 동작을 멈췄다.

"이 씹새끼가 가만 보니 비싼 운동화를 신고 있었네? 이거 중
고로 팔면 돈 좀 되겠어. 너한테 맞은 깽값이라고 생각하고 내
가 접수하마."

가물거리는 의식 속에서 운동화라는 단어만큼은 또렷하게
들렸다. 도훈에게는 힘들고 어려울 때마다 의지하는 행운의 상
징과도 같은 것이었기에 이것만큼은 절대 빼앗길 수 없었다. 필
사적으로 운동화를 사수하려고 몸을 비비 꼬며 뒤치락거렸다.
잔인한 백승빈은 아까 밟은 손을 또 밟으며 그런 도훈의 몸부림
을 비웃었다.

순간 콰직 하는 소리와 함께 얼굴 밑에 깔린 아스팔트가 쿠웅
하고 진동했다. 파편 부스러기 몇 개가 도훈의 얼굴까지 튀었다.
간신히 눈을 떠보니 바닥이 벼락을 맞은 것처럼 지그재그로 갈
라져 있었다. 그리고 그 끝에는 공세리가 서 있었다.

"세리야. 여긴 어떻게……."

무서우리만큼 굳은 공세리의 얼굴에 도훈은 오싹함을 느꼈
다. 이전과는 완전히 딴판이었다. 도훈을 둘러싸던 졸개들 역시
공세리의 남다른 분위기에 한걸음 뒤로 물러섰다.

"백승빈, 신발 내려놔. 좋은 말로 할 때!"

"워워, 공세리. 그게 무슨 오해야. 내 신발이 너무 낡았다고 도훈이가 주겠다고 해서 내가 친히 벗겨 주고 있었어. 저 호기심 많은 전학생이 내 경고도 무시하고 혼자서 체육관에서 놀다가 저 지경이 된 거라고. 우리는 그냥 길 가던 중이었어. 나하고는 아무 상관 없어."

얄팍한 거짓말에 더는 속지 않는다는 걸 승빈 혼자만 모르는 듯했다. 공세리가 씹어 먹을 듯이 승빈을 노려봤다.

"애들 물건 뺏는 건 여전하구나? 이 쓰레기 같은 자식아."

"너…… 혹시 기억 되찾았니?"

"너한테는 애석하게도 그런 듯? 내 하나뿐인 '비타민즈 리미티드 에디션 우효 홀로그램 포카'를 뺏어다가 한 달 사귀고 널 차 버린 여친한테 준 것까지 아주 생생하게 기억이 난다."

"그까짓 거, 내가 하나 도로 사 줄게. 진정하고 내 말……."

공세리가 왼손을 펴 승빈을 조준했다. 순식간에 달궈진 손바닥에서 기잉 소리와 함께 레이저포가 발사되었다. 붉은빛의 레이저가 엄청난 폭발을 일으키면서 승빈은 매캐한 연기구름에 휩싸였다. 승빈의 뒤에 산더미처럼 쌓였던 폐자재들은 눈 깜짝할 새 한 줌 재가 되어 있었다. 뽀얀 먼지를 머리끝에서 발끝까지 뒤집어쓴 승빈은 넋이 나간 얼굴이었다. 숨만 간신히 헐떡이며 귀신같은 몰골로 서 있는 게 안쓰러울 정도였다. 뒤늦게 몰려온 아이들이 빙 둘러서서 이 소란을 구경하고 있었다.

"그까짓 거? 그게 나한테 어떤 의미인지 네깐 놈이 알기나 해? 전날 심장이 떨려서 한숨도 못 잔 채 새벽부터 줄 서서 받아 온 백 장짜리 한정 포토 카드였어. 버튼을 누르면 우효 오빠의 홀로그램 영상과 목소리도 흘러나왔다고! 값으로 따질 수도 없고 이제는 구할 수도 없어! 우효 오빠를 향한 그때의 내 마음, 열정, 눈물을 한순간에 앗아간 거야. 하루살이 죽이듯 남의 것을 쉽게 빼앗아 가는 너 같은 놈은 아마 평생 이해 못 할걸!"

호소력 짙은 공세리의 목소리가 도훈의 심장에 화살처럼 날아들었다.

남들이 보기엔 아무짝에 쓸모없어 보이겠지만 내겐 오롯이 전부였던 진심의 순간들. 저 높은 곳에서 별처럼 빛나는 나의 우상이 내 시시한 인생까지 밝혀 주는 것 같은 황홀한 착각들. 그 기분을 공세리도 알고 있었다니! 잠시 주춤했던 열정이 도훈의 가슴속에서 다시금 휘몰아쳤다.

"차도훈, 네 차례야. 백승빈은 당해도 싸. 마음껏 앙갚음할 기회를 줄게."

공세리가 한발 비켜섰다. 눈두덩이 퉁퉁 부어서 앞이 뿌옇게 보였다. 비틀거리며 도훈은 한 걸음씩 앞으로 나아갔다. 승빈은 동공이 풀린 채 사시나무 떨듯 덜덜 떨었다. 도훈은 불끈 쥔 자신의 주먹과 공포로 물든 승빈을 번갈아 바라봤다. 공세리가 만들어 준, 어쩌면 마지막일지도 모를 절호의 기회였다. 지켜보는 아이들은 망설이는 도훈을 눈빛으로 부추겼다. 활시위를 당기듯 주먹을 위로 치켜들었다. 그때 승빈의 바지 앞섶이 점점 진하게 물들고 있었다. 지린내가 물씬 풍겨 왔다. 질끈 눈을 감은 승빈을 보며 도훈은 한숨을 내쉬었다.

"그만둘래. 주먹질하면 얘랑 똑같은 놈밖에 더 돼? 백승빈, 이젠 철 좀 들어라. 너 지금 진짜 추해."

공세리가 다가가자 승빈은 흡사 죽음의 사자라도 본 것처럼 화들짝 놀랐다. 커다랗게 번져 가는 얼룩과 지린내에 공세리가 눈살을 찌푸렸다.

"자꾸 애들 괴롭히면서 물건 뺏기 놀음 계속할래, 아니면 나랑 끝장을 볼래?"

공세리가 승빈을 매섭게 쏘아보며 물었다. 딱히 승빈의 대답을 기다릴 필요는 없어 보였다. 아이들은 너나 할 것 없이 바짓가랑이에 검게 번진 얼룩을 조롱하며 승빈의 추한 몰골을 사진과 영상으로 담았다. 번쩍이는 플래시 세례 속의 승빈은 너무나도 하찮고 초라해 보였다. 사진으로 흥한 자, 사진으로 망하는 기념비적인 날이었다. 도훈은 주먹을 거둔 자신의 선택이 만족스러웠다. 여태껏 뒷걸음질 치기만 했는데 오늘은 한 걸음, 아니두 걸음은 훌쩍 나간 것 같은 기분이었다.

그야말로 기가 막힌 타이밍이었다. 희나가 비타민즈의 〈리틀 자이언트〉를 튼 덕분에 공세리는 2차 각성을 하고 기억을 되찾

왔다. 전혀 예측하지 못한 방향이었다.

"사실 그때 쓰러진 할머니를 도울 생각까진 없었어. 이상한 말을 중얼거리는 것도 무서웠고 옷차림도 지저분했거든. 사람들도 모른 척 각자 갈 길 가더라고. 그래서 나도 그냥 가려고 했어. 근데 그때 이어폰에서 〈리틀 자이언트〉가 나오는 거야. '모두 외면할 때 나 혼자 두려움과 맞서 싸우네.' 그 가사가 꼭 나한테 하는 이야기처럼 들렸어. 이상하게 마음이 따끔따끔 간질간질한 게 도무지 외면할 수가 없더라."

도훈은 속으로 뜨끔했다. 반년 전 당한 끔찍한 사건과 공세리가 겪은 사고에 공통점이 있다는 사실 때문이었다. 설령 무모해 보일지언정 피하지 않겠다는 결심을 함께해 준 각자의 아이돌이 있다는 동질감에 도훈의 가슴이 뜨거워졌다.

"그래도 어쨌건 네 의지로 할머니를 도운 거잖아. 물론 사고가 나서 큰일은 났지만, 더 강해진 공세리로 돌아왔으니깐. 우리 비타민즈 오빠들이 널 죽였다가 살렸다가 한다!"

"뭐, 네 말대로 좋은 게 좋은 거니깐. 다시 태어난 기분이 나쁘진 않아. 이젠 정말로 그 할머니처럼 어려움에 부닥친 사람들을 구할 수 있잖아."

"어, 그 말은 사이보그 경찰특수대니 뭐니, 하는 것 받아들이겠다는 거야?"

"아니야. 지금은 초기 모델이라 아직 그렇게까지 실전에 투입될 순 없고. 일단 이번 사례가 좋아서 '학교 안전 지킴이' 정도는 맡겨도 무난할 거라는 이야기가 오가는 중이야. 무거운 물건 옮기기나 학교 내 위험한 일은 여전히 내가 나서지 않을까 싶어. 누군가가 필요로 하는 사람이 된다는 거, 해 보니깐 엄청 짜릿해!"

공세리는 17세 여자아이다운 얼굴로 생글거리며 웃었다.

"사고 차량이 나한테 돌진할 때 클랙슨 소리가 엄청나게 시끄러웠거든. 소리에 놀라서 미처 피할 겨를도 없이 멍하게 서 있었어. 근데 이번에도 스피커에서 엄청나게 큰 하울링이 들렸잖아. 이게 서로 어떤 연관이 있었던 게 아닌가 싶어. 내 해마가 끔찍한 소음 속에 꼼짝 못 했던 날 기억하고 있던 게 아닐까? 아빠가 그러는데 해마는 기억이 생성될 때 경험한 감정을 연결한다고 했거든. 아무튼, 고막을 후벼 파듯이 뇌가 울리면서 망치로 쾅 하고 치는 것 같았어. '두 번은 안 돼. 정신 차려, 공세리!' 하고 말이야. 이어서 기억들이 거슬러 흘러들어 왔고 도훈이의 아찔한 비명도 들렸지."

도훈이 머쓱한 얼굴로 머리를 긁적였다.

"각성의 순간이 드라마틱한걸. 영화 한 편 찍어도 되겠어."

"어머, 그래. 듣고 보니 〈무적 프린세스 헤일로〉 실사판이네. 주연은 공세리가, OST는 비타민즈가 부르면 되겠다. 가만, 베스트 프렌드 나, 손희나 역할은 어떤 배우가 하면 어울릴까?"

희나의 격한 설레발에 공세리의 얼굴이 발그레 달아올랐다.

"흠, 요새 비타민즈 노래 듣는 중인데, 노래의 가사가 시적이고 품고 있는 메시지도 좋더라. 귀에 쏙쏙 박혀. 참, 그리고 별건 아니지만 너한테 어울릴 것 같아서. 선물이야. 이거 나름 리미티드 에디션이야."

도훈은 〈무적 프린세스 헤일로〉 스티커를 공세리에게 내밀었다.

"별거 아니긴! 고마워! 비타민즈의 진가도 알아봐 주고, 차도훈 너 안목 있다."

"너희들 요새 부쩍 친해진 것 같다? 질투 나게?"

"원래 덕질로 친목 시작하면 멈출 수 없는 거 아냐? 우리도 비타민즈 덕질로 시작했잖아."

"하긴 그건 그래."

희나가 격하게 동의한다는 의미로 고개를 세게 끄덕였다. 도훈은 제 운동화를 슬쩍 내려다보았다. 백승빈의 마수에서 용케 건진 제로의 사인이 위용을 뽐내고 있었다.

일곱 살이든 열일곱 살이든, 일흔 살이든 소중한 것을 지키고 싶은 인간의 마음은 똑같다. 남들 눈에는 시시할지언정 내 눈에는 무엇보다 귀하고, 돈과 시간으로 재단할 수 없는 그 특별한 의미를 경험해 본 이들은 알 것이다. 소중한 것을 떠올릴 때면 심장은 두 배로 빠르게 뛰고, 몸은 민첩하게 움직인다. 그것을 지키기 위해서라도 우리는 더 좋은 사람이 되려고 노력한다. 도훈은 오래도록 쉬었던 킥복싱 도장에 슬슬 가 봐야겠다고 생각했다. 벌써 몸이 근질근질했다.

고개를 드니 공세리의 다이어리 앞표지에 어느새 스티커가 붙어 있었다. 스티커의 홀로그램 무늬가 햇살을 받아 영롱하게 반짝였다. 무적 프린세스 헤일로는 위풍당당해 보였다.

고사리의 생존법

창밖으로 비가 내린다. 가뜩이나 저혈압이라 그런지, 물먹은 솜처럼 몸이 무거웠다. 비가 오니까 학교 가는 게 더 싫다.

겨우 몸을 일으켜 화장실 거울 앞에 섰다. 습기에 지렁이처럼 꼬불거리는 반곱슬의 머리카락, 호빵맨같이 부은 얼굴은 정말이지 끔찍했다.

오늘은 개학식이 있는 날이다. 새로 배정받은 교실에 들어선 후, 강당에 앉아 따분한 입학식을 치를 것이다. 아이들이 친한 친구와 같은 반이 된 걸 확인하고 기쁨의 잔치를 벌일 때, 나 홀로 시간이 빨리 가길 간절히 바랄 것이다.

그런 장면을 미리 떠올리자니 학교에 가기 싫어 울고 싶어졌다. 방학은 왜 이다지도 짧단 말인가! 마음을 졸여서 그런지 배가 살살 아팠다. 변기에 앉아 아랫배에 힘을 주지만 빈속이라 피식피식 가스만 나왔다. 별안간 쾅쾅 문 두들기는 소리에 겨우 내비치던 것도 쏙 들어가 버렸다.

"뭐야, 미쳤어?"

"임가영! 후딱 나와. 오라버니 장에서 흑염룡이 꿈틀대니깐!"

저질! 더러운 인간! 신경질적으로 휴지를 끊어 억지로 뒤처리를 했다.

문을 열자 오빠가 히쭉거리며 기분 나쁜 웃음을 흘렸다. 입꼬리 아래로 허연 침 자국이 말라붙어 있다. 노골적으로 불쾌한 표정을 지은 후, 얼른 화장실 문턱을 넘었다. 교복으로 갈아입고 나오니 식탁에 엄마가 만들어 놓은 토스트가 있었다. 오빠가 나오기 전에 허겁지겁 토스트를 삼켰다. 다 먹은 그릇은 개수대에 넣었다.

현관을 나서려다가 불현듯 할 일이 생각났다. 바질이며 무화과, 디시디아 등 애지중지 키우는 화분들을 바리바리 들고 옥상에 올라갔다. 이런 촉촉한 봄비는 보약이나 다름없다. 키가 큰 화분부터 손바닥만 한 작은 화분들이 쪼르륵 줄지어 있는 걸 보는 건 언제 보아도 질리지 않는 풍경이다. 겨우내 화분들은 동굴 같은 집에 갇혀 느리게 자라야 했다. 쌀쌀하긴 해도 바야흐로 봄이었다.

"비가 와서 좋은 점 하나는 있네. 내 새끼들, 무럭무럭 쑥쑥 자라라."

톡톡 떨어지는 빗물에 이파리의 초록이 선명해졌다. 내내 흐릿하던 가슴에 반짝 무지개가 떴다. 할 일을 끝내고 가볍게 집

밖으로 나왔다.

후미진 골목길을 돌자, 가로등 밑에 선 오빠 친구들이 건들거리고 있었다. 바싹 우산을 코끝까지 끌어당겼다.

"하여간 학교에 혼자 가면 하늘이 무너지나."

나는 혀를 끌끌 차며 종종걸음으로 걸었다. 아무리 조심한다고 해도 기어코 튀기는 흙탕물에 수시로 짜증이 났다.

웅성거리는 소리로 강당이 가득했다. 애국가가 울리고 선생님들 소개가 이어졌다. 수면유도제 같은 교장 선생님의 말씀이 끝나자, 졸음에 겨워하던 아이들의 눈이 반짝거리기 시작했다. 개학식의 하이라이트라 할 수 있는 1학년을 위한 환영식 순서였다. 누가 나올지 알고 있는 난 심드렁한 얼굴로 무대를 쳐다봤다. 불이 꺼지고, 2층에서부터 요란한 환호성이 터져 나왔다. 무대 위로 트레이닝복을 맞춰 입은 남자애들이 올라왔다. 그중에는 나의 못난 오빠도 있었다.

왁스로 떡칠해서 한껏 멋을 부린 머리, 아빠가 운동할 때 쓰던 땀 방지용 헤어밴드와 한쪽 귀에 매달린 엄마의 14K 십자가 귀걸이, 오른쪽 다리에 채워진 내 자전거 무릎 보호대까지. 오빠의 몸에는 낯익은 물건들이 주렁주렁 달려 있었다.

"아침부터 미치광이 같더라니……"

쿵쿵대는 진동과 함께 전주가 흐르고 남자애들이 한 명씩 움직였다. 얌전히 앉아 있던 옆자리 애가 별안간 돌고래 소리를 꽥 지르는 바람에 고막이 터지는 줄 알았다. 절도 있는 칼군무라기엔 뭔가 어설픈 동작의 합이지만 기세만큼은 아이돌 부럽지 않았다. 오빠 얼굴엔 그간의 갈고닦은 기름진 허세가 줄줄 흘러넘쳤다. 넘치는 자신감이 영 못마땅해서 나도 모르게 토하는 시늉을 부렸다.

가만 생각해 보니 제대로 된 무대에서 보는 건 처음이었다. 뒤로 뺀 엉덩이를 끌어당기고 허리를 곧추세웠다. 기획사 사장님으로 빙의해 매의 눈으로 오빠를 주시했다. 괜히 꼬투리를 잡고 싶지만, 확실히 3년차 연습생 짬밥이라 그런지 다른 애들보다는 동작이 시원시원하고 춤 선도 고왔다. 그렇다고 지금 당장데뷔 각은 절대 아니었다.

"뭐, 허투루 한 건 아니네."

혼잣말로 중얼거렸다.

"가운데 있는 오빠, 대박 멋있지 않냐?"

"야야 넘보지 마. 저 오빠 오늘부터 내 원픽이야!"

뒤통수에서 재잘대는 목소리에 헛웃음이 피식 터져 나왔다. 조금만 더 외향적인 성격이라면 적극적으로 오빠의 치부를 까발려 줄 텐데 그러지 못해 아쉬웠다.

춤이 끝나가는 마지막 순간, 오빠가 화룡점정을 찍듯 느끼함 가득 머금은 윙크를 날렸다. 여자애들은 오호츠크해를 거슬러

오르는 돌고래 떼처럼 고래고래 소리를 질렀다. 퇴장하는 순간까지도 손가락 하트와 손 키스를 줄기차게 날려 대는 모습에 혀를 끌끌 찼다. 버터를 한 사발 녹여 먹은 것 같은 니글거리는 무대 매너에 속이 울렁거릴 지경이었다.

오빠랑 나는 정반대다. 오빠가 인싸라면 난 소위 말하는 아싸다. 인싸니 아싸니 유치하지만 적당한 말을 빌려 표현하자면 그렇다.

오빠의 적응력과 친화력은 타의 추종을 불허한다. 뻔뻔한 넉살로 깐깐하기 그지없는 여선생님도 자기편으로 만들곤 했다. 아마 무인도에 떨어져도 원숭이와 친해져 바나나를 얻어먹고 살아남을 것이다. 그래서인지 주변은 늘 사람들로 북적였다. 때와 장소를 가리지 않고 나대며 분위기를 띄우는 오빠를 사람들은 좋아했다. 아빠가 돌아가신 후 장남인 오빠에게 거는 기대는 더욱 그랬다. 불리해지면 시선을 회피하는 나와는 달리 오빠는 친척들이 주는 부담에도 아랑곳하지 않고 씩씩하게 대답했다.

나는 인싸들이 싫다. 그래서 가능하면 오빠와 부딪히지 않으려고 기를 썼다. 인싸들은 자신들의 존재감에 취해 나처럼 내성적인 애들을 얕잡아 보는 경향이 있다. 만약 오빠가 내 피붙이가 아니었다면 날 귀찮게 하고 괴롭힐 게 불 보듯 뻔했다. 언제부터인지 기억은 안 나지만, 사람들과 어울리는 게 싫었다. 갈팡

질팡하는 변덕에 장단 맞추는 것도, 여자아이들 사이의 미묘한 시기심과 질투도 버거웠다.

5학년 때, 반에서 제일 인기 많은 여자애랑 짝이 된 적이 있었다. 남들 보기를 우습게 알고, 주목을 받아야만 직성이 풀리는 아이였다. 내가 낯가림도 심하고 사교성도 없는 걸 뻔히 알면서도, 그 애는 폭포수처럼 자기 말만 쏟아 냈다. 너무 듣기 싫었지만 찍힐까 봐 두려웠다. 미움받기는 싫어서 영혼 없이 고개를 끄덕이며 맞장구를 쳐 주었다. 쉬는 시간이면 개의 시녀를 자처하는 아이들이 몰려와 내 자리까지 침범해 북새통을 이뤘다. 이야기의 주제는 늘 비슷하게 아이돌, 외모, 연애 따위였다. 세 가지 주제 중 어느 것도 관심 없던 나에겐 귓가에 쟁쟁거리는 소음이 끔찍했다. 참지 못하고 이어폰을 귀에 꽂던 날, 그 아이는 폭발하고 말았다.

"너 지금 나 무시하냐? 가람 오빠가 잘나가지, 지가 잘나가는 줄 아나 봐. 진짜 어이없어!"

여러 개의 눈이 나를 매섭게 쏘아봤다. 겁먹은 나머지 아무 말도 못 하고 서둘러 자리를 박차고 나왔다. 그건 그 아이의 화를 자초하는 어리석은 행동이었다. 불난 데 기름 붓는 꼴이 돼서 짝은 나를 더 집요하게 괴롭혔다. 조용히 피했을 뿐이었는데, 억울했다.

나중에 안 사실이지만 내 짝은 애초부터 내가 아닌 오빠에게 관심이 있었다. 중소기획사 연습생인 오빠가 곧 데뷔할지도 모른다는 소문이 돌 때였다. 솔직히 말해서 오빠는 얼굴도 평범하고, 실력도 어마어마하게 뛰어난 편은 아니었다. 그러나 오빠에게는 부족한 점을 커버하고 남을 '끼'와 '화술'이 있었다. 오빠는 자기의 매력을 보여 주는 데 능숙한 사람이었다.

후에 동생이 곤욕을 치르고 있다는 얘기가 오빠 귀에 들어갔다. 오빠는 동생과 화해하면 좋겠다는 편지를 짝에게 보냈고, 짝은 오해가 있었다며 내게 사과했다. 여전히 데면데면하긴 했지만, 덕분에 은따는 탈출할 수 있었다.

하지만 뒤에서 오빠와 비교하는 아이들의 쑥덕거림까지는 막을 수 없었다. 나는 그런 시선이 못마땅했다. 관심받기 싫고, 혼자가 편하며, 누군가와 감정을 공유하는 데 거부감이 드는 나 같은 애가 하나쯤은 있을 수도 있지, 왜 아니꼽게 보는지…… 도무지 이해할 수 없었다. 중학교는 제발 오빠와 떨어지길 간절히 소망했건만, 신도 내 편은 아니었다. 초등학교에 이어 중학교도 같은 학교가 되었고, 난 지금 중2가 되었다.

담임이 이상한 제안을 했다. 아직 서먹서먹한 반 분위기 활성을 위해서 학급 마니또를 하자는 것이었다. 젊어서 그런 걸까 담임의 의욕은 하늘을 찔렀다. 왜 다들 친해지지 못해서 안달인지 모르겠다. 돈만 있다면 학교 따윈 때려치우고 홈스쿨링을 하고 싶다.

게다가 난 '김종훈'을 뽑았다. 망했다. 동성도 아니고 이성이라니. 그것도 하필이면 나와 같은 부류라니. 재만은 아니길 바랐다. 진짜 되는 일이 없다.

한숨을 폭폭 쉬며 대각선 앞자리로 시선을 돌렸다. 가지런히 내린 앞머리를 따라 심플한 금속 테 안경을 낀 수더분하고도 밋밋한 김종훈의 옆모습이 보였다. 김종훈은 늙은이처럼 등을 구부리고 한 손으론 볼펜을 돌렸다. 선생님이 질문할 타이밍이 되자 책상 바닥에 닿을 듯이 어깨를 움츠리고 발을 달달 떨었다. 갖은 애를 쓰는 게 딱했다. 그때 김종훈이 갑자기 고개를 돌리는 바람에 눈이 마주쳤다. 내 멍청한 얼굴을 본 김종훈의 안면 근육이 꿈틀거렸다. 얼른 딴청을 부려 보지만, 귀가 빠르게 달아오르고 있었다. 얼마나 바보 같고 한심해 보였을까 자책해도 이미 엎질러진 물이었다.

내가 우리 반 여자 아싸라면, 김종훈은 남자 아싸였다. 우리 둘이 뭉치면 음침한 기운이 배가 될 것이다. 한쪽이라도 좀 밝고 활기차야 마니또가 굴러갈 텐데 망했다.

한 달 동안 마니또 관찰일지를 잘 쓴 사람은 상품을, 성의 없게 쓴 사람은 일주일 청소라며 담임이 으름장을 놓았다. 하는 수 없이 울며 겨자 먹기로 시늉이라도 보여야 했다. 이번 주 안으로 동아리 신청도 해야 했다. 그나저나 창체동아리는 뭐로 할지 고민이다. 1학년 때는 관심 있는 것도, 자신 있는 것도 없어서 무턱대고 도서부에 들었다. 책만 읽으면 된다고 생각한 건 큰 착각이었다.

툭하면 독후감을 써 오라질 않나, 독서 토론을 시키질 않나. 거기다 동아리 활동 사진을 수백 장씩 찍어 대는 사서 선생님 때문에 진땀 나는 시간이었다. 이번만큼은 조용히 묻어갈 수 있는 동아리를 택하리라 다짐했다.

그때 환경동아리 글씨가 눈에 들어왔다. 바로 이거였다! 집에 들여놓은 수많은 화분이 증명하듯 화초 키우기라면 나름대로 자신 있었다. 학교 텃밭에 식물 심고, 환경을 위한 분리수거 같은 활동이 주를 이룰 게 뻔하다. 인기는 다른 동아리에 비해 없으니 아이들도 적을 테고 나 같은 아싸들이 많을 테니 굳이 말을 섞거나 친해질 필요도 없다. 나는 주저 없이 환경동아리에 체크했다.

한동안 연습으로 바쁘던 오빠가 웬일인지 저녁을 같이 먹었다. 덕분에 밥맛이 뚝 떨어졌다.

"임가영, 댄스부 들어와. 남매가 같이 춤추면 재미있잖아."

"제정신임?"

"웃기려고 한 말인데 발끈하긴. 역시 놀려 먹는 맛이 있어. 너 2학년 때도 자율동아리 안 해? 아싸로 지내는 거 지겹지도 않냐. 친구도 없이 그게 사는 거야?"

"신경 꺼. 나 친구 있거든? 너처럼 친구랍시고 오만 사람들 주
위에 득실대는 거 딱 질색이야. 마음 맞는 한두 명만 있으면 충
분해."

"하이고, 어련하시겠어요. 마음 맞는 한두 명이 있긴 있어? 상
상 속 인물 아니고?"

"아휴, 밥상머리에서 쌈박질 고만들 해라. 반찬에 침 다 튀기
네!"

엄마가 지겹다는 목소리로 타일렀다. 식당 일로 엄마의 얼굴
에는 피로가 켜켜이 쌓여 있었다. 오빠가 나를 향해 도마뱀처럼
혀를 날름거렸다. 지지 않고 오빠에게 세 번째 손가락을 빳빳이
세워 보였다. 오빠는 창체동아리 외에도 자율동아리가 다섯 개
나 됐다. 댄스, 밴드, 방송, 농구 마지막으로 이름부터 구린내가
폴폴 풍기는 개그 동아리까지……. 마치 동아리를 하기 위해 학
교에 다니는 사람 같다. 혹여 기획사에서 잘린 건 아닐까 하는
의심마저 살짝 들었다.

등굣길에 준비물을 사려고 문구점이 있는 골목으로 향했다.
왠지 낯익은 뒤통수가 앞서 걷고 있었다. 틀림없이 김종훈이었
다. 그간 호시탐탐 기회를 노렸지만 남들 다 보는 교실에선 엄
말을 걸 수 없었다. 신이 주신 절호의 찬스였다. 나는 김종훈의

뒤를 사뿐거리며 쫓다가 나란히 섰을 때 고개를 옆으로 돌렸다. 그리고 마치 우연인 양 놀란 척 연기를 했다.

"어, 안녕! 김종훈, 우리 같은 반이지?"

심히 어색하기 짝이 없었다. 창피함에 체온이 급격히 올라갔다. 김종훈이 겸연쩍게 대꾸했다.

"어, 그래 안녕, 임가영! 맞아, 우리 같은 반이지?"

정해진 언어만 구사할 줄 아는 AI들의 대화 같다. 이 암담한 사태를 어떻게 돌파하나 고민하고 있는데 김종훈이 말을 이어 갔다.

"이 동네 살아?"

"응, 너도?"

"응. 같은 동네 사는 줄 몰랐네. 난 작년 겨울 방학 때 이사 왔어."

"난 저기 재래시장 반대편 쪽이 집인데, 오늘은 준비물 사러 문구점 오느라 이쪽 길로 왔어."

"아, 그랬구나."

한동안 무거운 침묵이 흘렀다. 침 삼키는 소리가 너무 크게 나서 신경이 쓰였다. 마니또 일지에 쓸 말이 없을까 봐 부쩍 마음이 초조했다.

"담임 말이야. 너무 인싸 같아. 새 학기 시작하자마자 마니또 라니."

"맞아. 남자애들은 이런 거 좀 민망해할 수도 있는데 말이야. 성격이 나쁘진 않은데 눈치가 없는 것 같아. 벌써 일 년 내내 피곤할 게 눈에 훤하다."

"그러니깐! 게다가 노잼인데 자꾸 개그 치려고 해서 부담스러워. 저번에 내가 우유 당번일 때 담임이 나 볼 때마다 '헤이 파트라슈!' 그러는 거야."

"너도 담임한테 '왜요? 벼멸구 쌤'이라고 하지 그랬어."

"크크크, 누가 지었는지 그 별명, 담임이랑 진짜 딱 맞아."

역시 화젯거리가 떨어졌다 싶을 땐 공동의 적을 만들어 뒷담화 까는 게 최고다. 우리는 처음으로 웃으며 말했다. 간간이 대화를 주고받다 보니 어느덧 학교에 도착했다. 생각보다 김종훈은 음침한 아이가 아니었다. 며칠 만에 마니또 일지에 쓸 말이 생겨서 마음이 한결 가뿐했다.

물을 줘야 하는 날이 제각각인 까닭에 집에 오면 화분들을 확인하는 게 일과 중 하나다. 간식 먹고 화초들 가꾸는 유일한 내 삶의 낙은 음악 볼륨을 최대로 키우고 쿵쾅거리는 오빠 때문에 번번이 틀어졌다. 식물의 성장을 돕는 데 클래식 음악이 좋다고 어디선가 들었는데, 오빠 때문에 우리 집은 거의 매일 클럽이나 다름없다.

"임가람! 너 혼자만 사냐? 소리 좀 줄이라고! 시끄럽다고!"

새로 나온 아이돌 그룹의 신곡 댄스 커버에 오빠는 여념이 없었다. 하도 퍼덕거리며 춤을 추니깐 먼지가 풀썩여서 공기 질도 덩달아 나빠지는 것 같았다. 짜증이 치밀어 올랐다.

"밑에 층 아줌마 아까 나가셨단 말이야. 이런 기회 흔치 않아. 네가 좀 참아."

아래층에 사는 아줌마는 귀가 예민한 편이었다. 오빠의 소란이 조금 거슬린다 싶으면 항의를 하러 득달같이 올라왔다. 나는 입술을 꽉 깨물고 마음을 다독였다. 오늘은 알로카시아와 고사리, 로즈메리에 물을 줄 차례였다. 화장실로 화분들을 옮기고 있는데 '악!' 하는 비명이 들렸다. 허겁지겁 나가 보니 오빠가 부러진 스투키 잎을 들고 있었다. 머리에 지진이 일어난 것 같았다. 할 말을 잃은 채 오빠를 바라봤다.

"아니, 팔을 좀 크게 휘둘렀더니 뚝 하고 부러져 버렸네? 뭐 이리 약해……."

뚫린 입이라고 정말 아무 말이나 막 한다. 스투키 잎 끝부분을 노랗게 마르지 않고 쑥쑥 자라게 하는 게 얼마나 힘든지, 봄철 미세먼지와 공기 정화에 스투키가 얼마나 뛰어난 효과가 있는지 알기는 하는 걸까?

"도대체 몇 번째냐?"

"그러게 좁은 집에 왜 이렇게 많이 들여놔."

"좁으니까 더 갖다 놓는 거지! 창문 열어도 냄새도 안 빠지고 공기도 탁하니깐! 내가 진짜 말을 말아야지, 짜증 나!"

씨근덕거리며 화를 내는 내 모습에 오빠는 어깨를 으쓱거릴 뿐이었다. 그러고는 다시 춤을 추기 시작했다.

"너는 가시박 같은 놈이야. 내 식물 다 죽이는."

가시박은 덩굴식물로, 생태계의 저승사자라 불린다. 가시투성이의 바깥 껍질로 자기 종자는 기막히게 보호하면서 그 가시로 다른 식물을 타고 올라가 광합성을 방해하고 질식시킨다. 가시박 같은 오빠 때문에 죽어간 식물들, 그리고 오빠에게 시달리느라 불쌍한 나를 떠올리니 눈물이 앞을 가릴 지경이었다. 때마침 문을 열고 엄마가 들어왔다. 양손에 든 장바구니가 가득했다.

"일찍 왔네?"

"오늘 쉬는 날이라 장 좀 봤어. 낼모레 아빠 제사잖니. 학교 끝나자마자 집에 와."

분노의 열기로 요동치던 가슴이 순식간에 잔잔해졌다. 3월이면 어김없이 찾아오는 아빠의 제사가 벌써 다가온 줄 까맣게 잊고 있었다. 개학했다고 괜스레 마음이 들떴던 탓이다. 곁눈질로 보니 까불대던 오빠도 한풀 꺾인 모습이었다. 엄마가 옷장에 넣어 뒀던 아빠 사진을 꺼냈다. 사진 속 아빠는 환하게 웃고 있다. 그 해맑은 미소를 보니 기분이 더 우울해졌다.

사람 좋아하고 술 좋아하고, 의리에 죽고 못 사는 아빠 옆엔

늘 친구들이 들끓었다. 음식 솜씨가 좋은 엄마를 핑계 삼아 아빠는 자주 손님을 데려왔다. 친구들과 소주잔을 기울이다가 기분이 좋아지면 아빠는 노래를 부르곤 했다. 주로 한물간 트로트 가요가 대부분이었는데, 특유의 꺾기 창법과 비음이 오묘하게 들어간 음색은 어린 내 귀에도 꽤 근사하게 들렸다. '리얼 카센터' 임 사장만으로 살기엔 아빠의 재주는 아까웠다. 그래서 주말에는 못다 한 가수의 꿈을 이루러 다녔다. 완도 미역 축제, 서천 주꾸미 축제…… 지역 노래대회에 출전해 자신의 재능을 부지런히 자랑했다. 엄마는 아빠가 타 온 소소한 상금과 지역 특산품으로 저녁상을 차렸다. 기분이 좋아진 아빠는 또 노래를 부르고, 오빠는 원숭이 같은 표정으로 우스꽝스럽게 춤을 추며 우리를 웃겼다.

꽃샘추위 얄미웠던 3월의 그날 밤, 병원에서 한 통의 전화가 걸려 왔다.

아빠의 시신을 확인하라는 전화였다. 교통사고였다. 날벼락 같은 일이었다. 웃음소리로 요란하던 집도, 손님들 입맛에 척척 맞추던 엄마의 요리도 물거품처럼 사라졌다. 카센터를 정리하고 아파트에서 나와 좀 더 싼 연립주택으로 이사했다. 엄마는 얼마 안 있어 식당 일자리를 구했다.

엄마의 통화를 엿듣고 아빠의 사망원인을 알 수 있었다. 사고가 있던 날도 아빠는 친구들과 술을 마셨다. 대리운전을 부르자는 아빠의 만류를 물리치고 기어코 집까지 데려다주겠다며 친구는 고집을 부렸다. 아빠는 그렇게 친구 손에 이끌려 허망한 죽음을 맞이했다. 친구 좋아하던 아빠가 친구 때문에 죽었다는 사실이 견딜 수 없이 괴로웠다. 종종 용돈도 주셨던 분이었다. 고마움이 미움으로 바뀌는 건 한순간이었다.

내성적인 성격을 타고나서 친구 사귀는 게 어려운 나였다. 누가 먼저 다가오는 것도 두려운 겁쟁이였다. 좁디좁은 내 마음의 문은 아빠를 잃고 굳게 닫혀 버렸다. 상처받지도, 다치지도 않으려면 결론은 혼자라는 생각이 또렷해졌다.

그로부터 일 년 남짓, 6학년이 된 오빠는 기획사 연습생으로 뽑히게 됐다. 얼른 성공해서 효도하겠다며 오빠는 너스레를 떨었다. 엄마의 눈에는 슬픔을 비롯해 그리움과 원망 같은 감정이 깃들었다. 오빠의 음색과 재능은 아빠를 정말 똑 닮았기 때문이었다. 서로 내색은 안 했지만 우리는 저마다 아빠를 사무치게 그리워하고 있었다.

환경동아리 첫 시간, 학교 텃밭에서 김종훈을 발견한 나는 그럼 그렇지 하고 고개를 주억거렸다. 같은 아싸임을 재차 확인한 게 우습기도 했지만, 한편으로는 마니또 활동일지는 잘 채울 수 있어서 다행이라고 생각했다. 조를 이뤄서 텃밭에 퇴비를 주고 고랑을 만든 후 씨감자를 심기로 했다.

"우아, 되게 깔끔하게 잘한다!"

가까이 다가온 김종훈에게서 은은한 섬유유연제 냄새가 났다. 셔츠 깃도 깨끗했다. 옆에서 볼 땐 몰랐는데 정면을 보니 피부도 희고 여드름도 없이 멀끔했다. 또래 남자애답지 않은 단정함에 조금 마음이 놓였다.

"화분 키우는 거 좋아해. 식물 심고 가꾸는 건 그나마 내가 잘할 줄 아는 거야."

"엄청 겸손하게 말한다. 나랑 비교하면 완전 수준급인걸? 내가 너였다면 그거 그렇게 하는 거 아니라면서 막 참견했을 거야."

"앗, 그렇게 막 3, 4등분 하면 안 돼. 씨눈이 있도록 잘라서 자른 면이 땅바닥에 닿게 심어야 해."

"으악, 어쩌지. 죄다 엉망으로 자르고 심었어!"

당황해서 허둥대는 모습에 피식 웃음이 났다. 김종훈은 민망한지 머리를 긁적이며 다시 선생님께 감자를 받아 왔다. 내것을 열심히 따라 하며 부지런히 손을 움직였다. 나 같으면 급한 마음에 서둘렀을 텐데 느린 속도로 꼼꼼하게 마무리 짓고 있었다.

"내가 좀 원래 느려. 뭘 해도 어설프고."

내 마음을 읽기라도 한 듯 김종훈이 말했다.

"가영이 너 자율동아리는 뭐 해?"

"안 하는데. 너는?"

"나도 안 해."

"왜? 괜히 시간 뺏길까 봐?"

"어차피 내신도 안 돼서 자소서 쓸 기횐 없을 테고, 친구도 없어서 자율동아리 같은 건 별로 관심 없어."

의외의 대답에 놀리던 손을 멈칫했다. 별로 친하지도 않은 나에게 친구 없다는 말을 이리 서슴없이 할 줄이야. 김종훈은 무덤덤한 얼굴이었다.

수업이 끝나고 뒷정리를 하면서 함께 걸어 나왔다. 교문 근처에 친구들과 있는 오빠가 보였다. 아는 체 안 했으면 싶어서 고개를 푹 숙이고 잰걸음으로 빠르게 지나쳤다.

"야, 시스터! 옆에 남친이냐? 이열~ 같이 집에도 가고. 유후 뜨겁다, 뜨거워!"

키득거리는 웃음소리가 사방을 에워쌌다. 창피함과 수치심으로 몸이 달아올랐다. 하나도 안 친한데, 알지도 못하면서 공개적으로 개망신을 주다니. 이글거리는 눈동자로 오빠를 노려보았다. 눈이 반쯤 풀린 원숭이 한 마리가 헬렐레 웃고 있었다.

"형! 남친 아니고 같은 반 남사친이에요. 가영아, 내일 봐."

김종훈은 덤덤히 말을 뱉고는 성큼성큼 걸어갔다. 발끈한 나와는 달리 놀라우리만치 차분했다.

"부끄러운 줄 알아. 엄마가 오늘 빨리 오라고 한 거 잊었어?"

"아무리 바빠도 그건 안 까먹지. 너랑 같이 가려고 기다렸다."

"웃기고 있네. 너랑 안 가!"

"마! 여동생이라고 있는 게 이렇게 되바라져서는."

오빠가 손으로 머리를 마구 헝클어트렸다. 분노로 몸이 끓어올랐다. 한시라도 빨리 벗어나야 한다는 생각에 거의 뛰다시피 걸었다.

"거기 앞에 가는 귀여운 애! 천천히 가, 넘어질라!"

귀를 막고 냅다 뛰었다. 정말 꼴도 보기 싫다!

집에 오니 엄마가 이미 나물이며, 생선에 과일까지 준비를 다해 놔서 딱히 도울 일은 없었다. 원수 같은 오빠 놈은 무시하고, 아빠를 추모하고 기억하는 일에만 신경을 집중하기로 했다.

"여보, 거긴 어때? 가람이, 가영이 그리고 나, 당신은 없지만 우리 세 식구 그럭저럭 잘 지내고 있어요."

아빠가 생전에 좋아했던 족발을 보자 눈시울이 화끈 달아올랐다. 불쑥 치미는 열 때문에 손으로 부채질을 했지만, 대책 없이 눈물이 고였다. 이제 오빠가 아빠 영정 사진에 오글거리게 사랑한다고 말할 타이밍이다. 나는 죽어도 사랑 어쩌고 하는 말은 입 밖으로 못 내겠던데, 이럴 때는 오빠가 좀 부러웠다.

"사랑하는 우리 아빠! 진짜 보고 싶다. 여긴 미세먼지로 죽을 맛인데 천국은 공기 끝내 주지? 아빠 없는 사이 나 노래랑 춤도 많이 늘었어. 빨리 데뷔하고 싶어서 이번에 오디션 프로그램에 나갈 거야. 완전 목숨 걸고 할 테니까 지켜봐 줘!"

방송 출연이라고? 매달렸던 눈물방울이 쏙 들어갔다. 엄마도 놀란 눈치였다.

제삿밥을 먹을 때가 돼서야 오빠는 자초지종을 설명했다.

"사장님이 되든 안 되든 이참에 눈도장이라도 찍는 게 좋겠다고 하셨어. 기획사도 돈 때문에 힘들어하고, 데뷔도 자꾸 밀리잖아. 신청했는데 덜컥 합격했지 뭐야. 역시 천재는 알아보더라고, 하하하! 이야기할 타이밍을 줄곧 놓쳐서 이제 털어놓네."

〈팔로우 미, 클릭!〉은 또래에서는 모르는 이가 없는 오디션 프로그램이었다. 인기 절정의 프로그램에 저 원숭이가 나간다니. 어안이 벙벙했다. 좀처럼 웃는 일 없는 엄마도 희미한 미소를 지었다. 내가 음지에 핀 고사리라면, 오빠는 양지에 우뚝 솟은 해바라기겠지. 꿈도 희망도 없는 나보다는 아무래도 오빠에게 기대가 더 크겠지. 문득 내가 초라하게 느껴졌다.

"그래서 말인데. 어쩌면 우리 집에 촬영하러 올 수도 있어. 방송 봐서 알겠지만, 연습생 집에 와서 가족들 인터뷰 하는 경우도 왕왕 있으니깐 말이야. 나의 절실한 사연이 제대로 먹히면 시청자 투표수도 올라가고 여러모로 이득일 거야."

"너 미쳤냐! 완전 싫어!"

성급한 마음에 거친 말이 튀어나왔다. 곰팡이 핀 벽지에 온갖 살림살이가 다닥다닥 붙어 있는 이 누추한 집을 찍는 것도 모자라, 구질구질한 가정사까지 공개하겠다니. 생각만 해도 진저리가 났다. 학교 애들이 전부 다 알게 될 텐데 그걸 보고만 있으라고? 이게 무슨 허락이람, 일방적인 통보지!

"가영아, 오빠한테는 간절한 기회잖니. 너도 알잖아, 오빠가 얼마나 열심히 했는지."

"그래서? 난 열심히 하는 것도 없고 꿈도 없으니, 내 의견 따윈 필요 없다 이거야?"

"얌마, 무슨 말을 그렇게 해. 내가 이러는 게 다 우리 가족 잘 살자고 하는 거지."

"됐어! 듣기 싫어!"

자리를 박차고 일어서 내 방문을 쾅 닫고 들어갔다. 파도에 휩쓸려 무너진 모래성처럼 그대로 바닥에 주저앉았다. 찌질하고 한심하게 질투나 하고 최악이다.

사실 스스로가 너무 보잘것없어서 세상에 관심 없는 척, 친구도 필요 없는 척하는 게 아닐까 하는 생각이 들었다. 아싸라는 가면을 쓴 채 아무것도 못 하는 나약한 인간이 여기 있었다. 끔찍한 자괴감이 웅크린 날 덮쳤다.

〈팔로우 미, 클릭!〉이 방송되면서, 쉬는 시간이면 심심치 않게 오빠 이야기가 들렸다. 덕분에 오빠 순위가 얼마쯤인지는 방송을 보지 않아도 저절로 알게 되었다. 우리가 피를 나눈 혈육이라는 사실 또한 빠르게 퍼졌다. 아이들이 놀랍게 바라보는 시선을 모른 척하는 건 은근한 스트레스였다. 빨리 방송이 끝나길 바라는 마음으로 하루하루를 보냈다.

그러는 사이 두 번째 동아리 시간이 돌아왔다. 선생님이 토피어리를 만드는 법에 대해 간단히 설명했다. 각자 만들고 싶은 동물을 굵은 철사로 모양을 잡고 수태를 붙여 갔다. 김종훈은 강아지를 만들고 있었다.

"우아 귀엽다. 집에 개 키워?"

"또치라고, 종류는 스피츠야. 나이가 많아서 작년에 죽었어."

솔직하게 치고 들어오는 대답에 허를 찔렸다.

"앗, 미, 미안. 몰랐어."

"네가 왜 미안해?"

"슬픈 기억을 떠올리게 했으니깐."

"한동안은 멍해 있었던 것 같아. 우울하고 너무 힘들어서 강아지 따윈 다신 안 키워야지 했지. 반려견을 먼저 떠나보내 펫로스 증후군으로 힘들어하는 사람들이 모인 카페에 가입도 했어. 사람이 죽으면 장례식도 치르고 함께 위로도 하면서 마음을 달랠 수 있는데, 반려견은 주인 혼자서 슬픔을 견뎌야 하니까 마음이 더 힘든 거래. 듣고 보니 정말 그렇더라. 견주들끼리 랜선 장례식도 치르고 함께 추억을 이야기하다 보니 슬픔을 이겨내게 되더라고. 생판 모르는 사람들한테 받는 위로가 생각보다 큰 도움이 됐어. 이제는 또치를 떠올리면 이별의 슬픔보다는 행복한 추억이 더 많이 생각나. 또치를 닮은 반려 식물로 잘 만들어 보려고."

우리 집은 생각나면 힘들어질까 봐 아빠 사진도 제사 때 아니면 꺼내 놓지 않았다. 서로 나누기보다는 각자의 몫으로 책임졌기 때문에 나는 아직도 아빠를 떠올리기만 해도 버거운 걸까? 죽은 반려견을 상기시키는 김종훈의 얼굴에 먹먹한 슬픔은 없었다. 오히려 토피어리가 완성될수록 따뜻한 그리움이 얼굴에 차올랐다.

"그때 우리 오빠가 짓궂게 놀린 거 미안해. 대신 사과할게."

"신경 쓰지 마. 어차피 사실도 아닌데. 반응 보이면 오히려 더 놀렸을걸?"

"그건 그렇지……."

"형 되게 재미있는 분 같던데? 난 외아들이라서 가끔 형제 있는 아이들 부럽더라."

"전혀 안 그래! 골칫덩어리야."

김종훈이 희미하게 웃었다. 수업 막바지에 이르러 나는 생쥐, 김종훈은 강아지 토피어리를 완성했다. 환경동아리 수업은 생각과는 다르게 나날이 흥미로웠다. 종례를 마치고, 토피어리로 이야기를 나누며 우리는 나란히 걸었다.

"마니또 일지는 잘 쓰고 있어?"

일순 오토바이 경적이 시끄럽게 울렸다. 혹시 내가 마니또라는 걸 눈치챈 건 아닐까 하고 가슴이 뜨끔했다. 갑작스러운 소음을 방패 삼아 못 들은 척 말을 돌렸다.

"너는 학원 안 다녀?"

"어, 오늘은 안 가."

"그래? 그럼 떡볶이 먹을래? 야호분식 진짜 맛있어!"

즉흥적으로 내뱉은 말이었다. 평소였다면 혼자 컵 떡볶이를 먹었을 텐데 나도 모르게 같이 먹자고 한 것이다. 7교시까지 하고 나와서 배가 출출한 건 나만이 아니었는지, 김종훈도 고개를 끄덕였다.

"와, 우리 동네에 이런 맛집이 있을 줄이야."

매콤한 감칠맛에 끌려 김종훈은 허겁지겁 떡볶이를 먹었다.

"가람이 형 멋있더라."

놀라서 떡이 목에 걸렸다. 캑캑하고 기침을 발사하자 침 몇 방울이 접시로 튀었다. 부끄러움에 얼굴이 화끈 달아올랐다.

"괜찮아? 물, 좀 마셔!"

"캑캑, 눈깔이 삐었냐. 개 하나도 안 멋있어."

"가람이 형, 화면에 꽤 잡히던걸? 여자애들도 멋지다 난리고."

나는 우물쭈물 망설이다가 어렵게 입을 열었다.

"어쩐지 다들 '오빠는 핵인싼데 너는 왜 그 모양이야?'라고 눈으로 말하는 것 같아서 학교에서 프로그램 이야기할 때마다 나도 모르게 위축돼……."

누가 속에서 잡아당기기라도 하는 건지 목소리가 자꾸만 안으로 기어들어 갔다. 술술 넘어가던 떡볶이가 갑자기 얹히기라도 한 것처럼 가슴이 답답했다.

"비교가 아니라 부러워하던데? 너한테 말 걸어 보고 싶은데, 네가 땅만 보고 홱 지나가니깐 아쉬워하는 눈치였어. 분명히 들었어, 너 간 다음에 여자애들이 소곤대는 거. 평소에는 조용한 이미지 같은데, 오빠랑 투닥거릴 때 보면 말발로는 하나도 안 지는 게 짱 세 보인다고. 너희 남매 은근히 웃기는 거 같다면서."

"진짜? 근데 왜 나한테는…… 아니구나, 내가……."

먼저 철벽을 친 건 나였다. 모둠 수업 때도, 급식 시간에도 나는 늘 사람들 뒤로 물러나 있었다. 아빠의 죽음을 핑계 삼아 끊임없이 도망쳤다. 그날 사고 현장에서 함께 죽은 아빠의 친구도 그러려고 한 건 아니었을 텐데. 나는 아빠의 죽음을 받아들이지 못한 채 끝없는 두려움에 자신을 가두었다. 관계를 맺을 때 필연적으로 다가올 상처들을 미리 걱정하고, 친구가 되고 싶은 마음을 억지로 꾹 참았다. 나는 그저 아싸와 인싸로 편 가르며 외톨이를 자처하는 겁쟁이일 뿐이었다.

"너희 오빠 때문에 애들이 그러는 건 아닐걸? 가끔은 네 주변도 한번씩 살펴봐."

그날따라 떡볶이가 매웠다. 코끝이 자꾸 찡한 걸 보니. 혀도, 마음도 얼얼했다.

집에 돌아와서 오빠가 출연 중인 오디션 프로그램을 검색했다. 50명 중에 현재 순위 42위. 출연자 중에서 중3인 오빠가 제일 어렸다. 제아무리 인싸라도 저 쟁쟁한 경쟁자들 가운데 얼마나 두렵고 떨릴까. 나 같으면 오빠가 받을 압박을 1초도 견디지 못할 것이다. 주르륵 훑어보다가 오빠 얼굴이 클로즈업된 동영상이 눈에 띄었다. 클릭하자 '지원하게 된 계기가……'란 글씨가 자막으로 떠올랐다. 서글서글하게 눈웃음을 치며 밝게 말하던 오빠는 돌아가신 아빠와 가족 얘기를 하면서 점점 얼굴과 목이 붉어졌다. 이윽고 깊은 한숨을 내쉬며 고개를 숙인 오빠는 한동안 말이 없었다. 울음 섞인 코맹맹이 소리는 한심해서 봐줄 수가 없었다. 힘들어하는 가족을 위해서 하루빨리 데뷔하고 싶다는 뻔하디뻔한 감성팔이 사연이었다. 근데 이상하게 어느새 나도 울고 있었다. 짜디짠 눈물이 흘러나와 입술을 적시고 목을 타고 내려갔다.

오빠는 아빠가 죽은 후, 집안에 감도는 무거운 공기를 필사적으로 밀어내려고 애를 썼다. 웃기는 표정부터 TV에서 본 최신 유행 개그까지, 우리를 웃게 하려고 기를 쓴 덕에 엄마도 나도 그 시절을 버텼다. 자기도 고작 초등학생인 주제에 말이다. 사람들 틈에서 말수를 잃어가던 나는 오빠 앞에서만큼은 꾸밈없는 내 모습을 드러냈다. 어쩌면 오빠는 이미 그런 것까지 알고 일부러 장난을 친 게 아니었을까.

"힘들다고 말도 못 하는 멍청이 같으니."

나는 눈물 콧물을 줄줄 흘리면서 밤이 늦도록 오빠가 나온 영상을 전부 봤다.

토요일, 김종훈에게 야호분식 앞으로 잠깐 나오라고 톡을 보냈다.

"이거 받아."

스투키 화분을 건네받은 김종훈의 눈동자가 커졌다.

"나 주는 거야? 뭔가 신기하게 생겼네."

"다육식물인데 키우기 쉬워. 물도 여름에는 2주에 한 번, 겨울에는 한 달에 한 번만 주면 돼. 공기 정화 기능이 있고 몸에 해로운 전자파도 차단해 줘서 집에서 기르기 좋아. 내가 맨 처음 기른 화분도 이 스투키였어. 엄마가 사 온 거긴 했지만."

"손도 별로 안 가는데 키우는 효과는 확실하네. 고마워."

마니또 미션 중 하나인 선물하기를 자연스럽게 실행했다. 이만큼 했으면 청소벌칙을 면하기에 충분하다. 김종훈 관찰을 끝내는 게 후련하면서도 살짝 섭섭했다.

"너 진짜 식물 좋아하나 봐."

"처음에는 죽이지만 말자 했는데 의외로 잘 크지 뭐야. 이걸 시작으로 하나둘씩 기르게 됐어. 집이 예뻐지는 건 쏠쏠한 재미 중 하나고."

"나도 식물 두 개나 생겼어. 이거랑 토피어리. 사실 딱히 마음에 드는 동아리가 없어서 환경동아리 든 거거든. 근데 괜찮은 선택이었던 것 같아. 참, 월요일 날 마니또 발표인데 관찰일지는 많이 썼어?"

"응, 나쁘지 않아. 이 정도면 중간은 할 것 같아."

"부럽다. 난 완전히 망했는데. 내 마니또는 수업 시간이고 쉬는 시간이고 잠만 자. 마니또 장점에 잠자면 업어가도 모르게 숙면을 취한다는 거 하나만 쓰겠어. 이로써 벌칙은 내 차지야. 하긴 내가 공부는 못해도 청소는 제법 꼼꼼하게 해."

"그럼 앞으로도 네가 도맡아서 해."

"놀리는 거야? 그러는 넌 장점이 뭔데? 식물 잘 키우는 거 빼고 말이야."

"나? 글쎄…… 글씨 잘 쓰는 거?"

김종훈이 씩 웃었다.

"여기까지 왔는데 떡볶이 먹을래?"

"아냐. 나 가 봐야 할 데가 있어."

"그래? 그럼 월요일 날 학교에서 봐. 스투키 고마워!"

식물의 성장 속도는 대부분 답답할 정도로 느리다. 그런 면이 나와 비슷해서 동질감을 느꼈을지도 모른다. 특히나 집에서 키울 땐 더 그렇다. 흙의 양도 빈약해서 뿌리를 깊이 내릴 수 없고, 햇빛도 잘 들지 않아 그런 것 같다. 그러나 잊고 지내다 보면 어느 날 잎사귀가 돋고, 꽃을 피우고, 열매를 만들며 자신의 존재감을 드러낸다. 메마른 곳에서도 저만의 생명력으로 고요하고 소박한 결실을 맺는 것, 내가 식물 키우기를 좋아하는 이유다.

엄마가 오늘 집을 촬영하러 방송국에서 온다고 했다. 마음이 괜스레 분주해져서 발걸음이 빨라졌다. 집 앞에서 방송국 차를 기다리던 오빠가 나를 흘끗 쳐다봤다. 오디션 프로그램 하면서 마음고생이 심했는지 얼굴이 파리하고 퀭했다.

"오늘 촬영한다고 미리 말했을 텐데? 잠깐만 어디 가서 시간 좀 때워. 자 받아."

오빠 손에 새파란 만 원짜리가 한 장 들려 있다. 저 짠돌이가 돈을 다 주다니. 황금 같은 기회를 놓칠쏘냐. 먹이를 채가는 독수리처럼 잽싸게 지폐를 낚아챘다.

"내 집인데 어딜 가! 방송에선 동정표 살리려고 울었냐?"

"안 볼 것처럼 굴더니 봤냐? 얘기 꺼내지 마, 쪽팔리니깐! 집에 있을 거면 돈 도로 내놔."

"미쳤냐, 돈을 왜 도로 줘. 그나마 화분 때문에 집이 작아도 화면발 좀 받을걸?"

굳었던 오빠 얼굴에 씰룩씰룩 웃음이 번졌다.

"그럼 돈 받았으니깐, 이왕 하는 김에 더 예쁘게 꾸며 봐."

"됐거든요! 그래봤자 너 1등 안 되거든?"

"애초에 그건 꿈도 안 꿨다. 이러면서 인지도 쌓는 거지. 넌 진짜 내 빅픽쳐를 하나도 몰라! 열 받게 하지 말고 빨랑 올라가라."

오빠도, 나도, 김종훈도 자신만의 방법과 속도로 살고 있다. 자신감 하나만큼은 끝내 주는 오빠가 탈락한다고 기죽을 리는 없다. 무엇보다도 오빠는 최선을 다했으니까 말이다. 여전히 깐족대는 게 얄밉지만 수고한 오빠에게 내 표를 선물하기로 했다. 물론 오빠에게는 절대 비밀이다.

3층까지 단숨에 계단을 올랐더니 숨이 가빴다. 떨리는 손으로 활짝 문을 열었다. 초록빛의 익숙한 풍경이 눈앞에 펼쳐졌다. 분무기로 화분에 물을 뿌리고, 자리도 조금씩 바꿔 놓았다. 창문을 열자 햇빛이 쏟아져 들어왔다. 지난 시간을 묵묵히 함께해 준 화분들을 바라봤다. 선명한 색과 튼튼한 줄기, 힘차게 뻗어 나간 이파리는 언제 봐도 참 좋다. TV에 나올지도 모른다는 생각에 심장이 벌떡벌떡 뛰었다. 열린 현관문 틈으로 수런거리는 소리가 점점 가까워졌다. 낯선 떨림으로 가슴이 간질거렸다.

교집합의 바다

*

소민의 확 달라진 분위기에 연수는 왠지 모를 거리감을 느
꼈다.

목덜미가 훤히 드러나는 과감한 숏커트는 여리게 생긴 소민
을 강인하게 보이게 했다. 건조한 눈빛과 무표정한 얼굴은 예
전의 쾌활함을 애써 지우려는 듯했다. 내내 눈치를 살피며 주
변을 맴도는 데 지친 연수는 며칠을 망설인 끝에 소민에게 말
을 붙였다.

"소민아, 요즘 무슨 일 있어? 수영장에서 못 본 지 꽤 됐는데,
재등록 안 해? 선생님이 계속 궁금해하셔서 내가 물어보겠다고
했거든."

"별일 없어. 당분간은 수영장 못 갈 것 같다고 말씀드려 줘."

"별일 없다니 다행이다. 그래, 알았어. 근데 왜 못 오는지 물어
봐도 돼?"

"지금은 어쨌든 못 해."

소민의 무표정과 끊어진 대화의 틈이 연수의 숨통을 조여 왔다.

"이거, 너 주려고 산 마카롱이야. 너 여기 마카롱 좋아하잖아."

연수가 비장의 무기를 꺼냈다. 하지만 소민은 쳐다보지도 않고 무심하게 말했다.

"나 단 거 끊었어."

그 말이 독화살처럼 가슴에 꽂혔다. 차갑게 돌아서는 소민의 태도에 연수는 돌처럼 굳었다.

"야, 뭐 하냐?"

세희가 연수를 날카로운 눈으로 흘겨봤다. 그러고는 보란 듯이 다정하게 소민의 팔짱을 꿰고 지나쳤다. 무안함으로 얼굴이 벌게진 연수는 한참을 서 있었다.

둘의 사이가 틀어진 건, 겨울방학이 시작되기 직전인 작년부터였다. 그 무렵 소민은 부쩍 그늘진 얼굴과 줄어든 말수로 연수를 걱정시켰다. 연수는 소민에게 좋지 않은 일이 일어났음을 어렴풋이 짐작했다. 하지만 매사에 조심성이 많은 연수는 적당한 때가 올 때까지 참을성 있게 기다렸다. 그리고 마침내 소민이 어렵사리 입을 열었다.

"부모님이 이혼하실 것 같아."

복잡한 심경이 소민의 얼굴에 고스란히 드러났다.

"난 절대로 결혼 안 할 거야. 낳기만 하면 단가? 결국 자기들

멋대로 할 거면서."

평소답지 않게 분노에 찬 소민을 어떻게 위로해야 할지 연수는 알 수 없었다. 괜찮아질 거라는 말은 기만하는 것 같았고, 안 됐다고 하는 말은 무책임해 보였다. 워낙 말주변이 없어서 소민에게 상처를 줄까 봐 겁이 났다.

연수 역시 화목한 가정은 아니었다. 어설픈 위로의 말로는 조금도 기분을 달랠 수 없다는 걸 잘 알고 있었다. 연수의 부모님도 이혼만 안 했을 뿐이지, 이미 오래전부터 사이가 좋지 않았다. 뭐든 속이 풀릴 때까지 입으로 쏟아 내야 직성이 풀리는 엄마와 무뚝뚝하고 조용한 아빠는 애초부터 맞지 않았다.

"그냥 나 혼자 나가서 살까? 집에 있는 거 끔찍해. 엄마도 아빠도 둘 다 싫어."

"고작 고1이 가출해서 뭘 할 수 있겠어. 성인이 될 때까지는 어떻게든 버티다가 독립하는 게 어때? 그리고 한부모라도 없는 것보단 있는 게 낫지 않겠어?"

소민은 잠시 말이 없었다.

"넌 그래도 집에 가면 숨이 쉬어지나 보다. 좋겠다."

비아냥거리는 듯한 말이 연수의 명치를 꾹 눌렀다. 그런 게 아니라고 대꾸하고 싶었다. 부모님 사이는 냉랭하고, 엄마는 동생만 편애하고, 동생은 자신을 그저 냄새나는 물건으로 취급한다고 조목조목 반박하고 싶었다.

하지만 난감할 때면 입을 다물어 버리는 버릇은 쉽사리 고쳐지지 않았다. 속 시원히 털어놓을까 하다가도, 어느 순간 이야기를 주워 삼키고 있는 자신을 발견했다. 그렇게 몇 번의 비관적인 대화가 둘 사이를 천천히 무너뜨렸고, 어느새 겨울방학이 되었다. 소민은 방학 동안 이모네 집에서 머무를 것이라고 했다. 안부가 궁금한 연수가 소민에게 전화를 걸었지만, 신호음만 가고 음성사서함으로 넘어갔다. 문자를 보내면 몇 시간이나 지나서 짧은 답문만 왔다. 그마저도 오지 않을 때가 많았다.

연수로서는 딱히 할 수 있는 게 없었다. 혹시라도 자신이 말실수를 한 건 아닌가 하는 자책감이 수시로 들었다. 혼자서 수영장에 다니는 겨울방학은 지루했다. 그렇게 2학년이 시작되었다.

"연수야, 무릎 벌어진다! 무릎 바짝 붙이고 발은 바깥으로 차야지!"

생각과는 달리 몸이 둔하게 움직였다. 고작 50미터뿐인 레인인데, 체감상으로는 태평양을 횡단하는 기분이었다. 강사의 꾸지람에 꼿꼿하게 힘이 들어간 발이 조금씩 풀렸다. 어떻게든 빠지려고 온갖 핑곗거릴 찾다가도, 막상 수영장에 오면 살 것 같았다. 목표 지점에 터치하고 수경을 벗었다. 옆 레인의 빈자리가 오늘도 허전했다.

중학교 3학년 여름방학 때 엄마의 성화에 못 이겨 수영장에 등록했다. 통통과 뚱뚱의 경계를 아슬아슬 넘나들던 체중이 엄마의 심기를 건드린 것이다. 살이 찌니 자주 땀이 났다. 의지와는 상관없이 스트레스를 받거나 불편한 상황에 놓이면 주체할 수 없이 땀이 흘렀다.

한 살 터울의 동생인 연희는 제 언니의 치부를 공공연하게 까발리길 좋아했다. 우등생에 예쁘고 날씬하지만, 심성은 고약한 연희를 엄마는 눈먼 사랑으로 감쌌다. 머리가 안 되면 몸매라도 연희를 닮길 바라며 막무가내로 수영장에 보냈다. 어렸을 때는 수영은 못해도 물을 좋아했지만, 살집이 늘면서 물은 쳐다도 보지 않게 되었다.

연수는 사람 많은 장소가 싫었다. 자신에게 향하는 시선에 몸이 움츠러들었다. 수영복을 입고 사람들 앞에 서야 한다니…… 정말이지 죽을 맛이었다. 그때 소민이 구세주처럼 등장했다.

"초등학교 전학 오기 전까지 나 부산 살았잖아. 수영선수도 했었고! 마침 몸이 근질근질했는데 잘됐다. 나도 같이 다닐래!"

연수는 만세를 외쳤다. 소민 덕택에 공포가 반절은 줄어들었다. 꿈에서만 보던 새파란 물을 현실로 마주하니 예전의 흥분이 살아났다. 벽에 반사되어 뭉개진 소리는 자유를 찾아 도피한 동굴처럼 느껴지게 했다. 물결은 몸을 부드럽게 감싸며 아무런 편견 없이 연수를 받아들였다. 땅의 중력도 물에서는 소용이 없어서 연수는 가볍게 떠올랐다. 불쾌한 악취도 물속에서는 풍기지 않았다. 연수가 은밀한 해방감을 느끼게 된 건 소민의 몫이 컸다.

수영장에서 소민은 빛을 발했다. 곧게 뻗은 목, 적당한 어깨 너비, 군살 없는 팔뚝까지 이어지는 부드러운 선은 수영복을 입음으로 그 맵시가 확연히 드러났다. 연한 코코아 빛 피부와 깡마르지도, 둔해 보이지도 않는 몸은 건강미가 흘러넘쳤다. 소민이 쭉 뻗은 팔로 거침없이 물살을 가르며 나아갈 땐, 연수의 마음도 덩달아 시원했다. 멋지게 퀵턴을 하는 모습은 정말 끝내줬다. 빠른 속도를 유지하며 민첩하게 벽을 쳐서 회전하는 모습은 넋을 잃고 보게 만들었다. 팔을 허우적대며 제자리에서 물질하는 연수와는 하늘과 땅 차이였다. 소민은 세심한 조언으로 진도가 더딘 연수를 격려했다. 눈살 한번 찌푸리는 법 없는 상냥함에 연수는 없던 자신감도 되찾을 수 있었다.

키 162센티미터, 몸무게 75.5킬로그램인 연수가 소민같이 날렵하고 우아하게 수영을 하는 건 무리였다. 짧고 두꺼운 목, 둥글둥글한 어깨와 늘어진 팔뚝. 푸짐한 뱃살에서 셀룰라이트가 울퉁불퉁한 다리로 이어지는 마름모꼴 체형. 연수는 소민과 함께 있으면 레아 공주 옆에 뚱하게 서 있는 자바 더 헛 같다고 생각했다. 주눅 든 연수의 마음도 모른 채 소민이 다가와 말했다.

"연수 너랑 있으면 너무 비교돼. 어쩜 이렇게 피부가 뽀얗고 깨끗해? 톤도 하얗고. 부럽다. 피부도 말랑말랑하니 찹쌀모찌 같아. 계속 조몰락거리고 싶잖아."

아기처럼 배시시 웃으며 소민이 팔짱을 껴 오면 연수의 몸에 찌릿하고 전류가 흘렀다. 살과 살이 닿을 때면 차가운 몸에 따끈하게 열기가 올랐다. 백돼지라고는 불려 봤어도, 찹쌀모찌라는 말은 난생처음 들어본 말이었다. 귀여운 어감이 좋아 연수는 입안에서 모찌라는 단어를 계속 곱씹었다. 단어를 반복할수록 뒤틀려 있던 마음의 주름이 펴지는 것 같았다. 소민의 다정한 관찰 덕분에 연수는 뒤늦게 제 몸의 장점들을 바라볼 수 있게 되었다.

강습을 끝마친 연수가 홀로 샤워실로 향했다. 머리를 감다가, 불현듯 서로의 알몸을 부끄러워하면서도 스스럼없이 장난치던 기억이 떠올랐다. 그리움이 툭 터지면서 눈물 한줄기가 흘러내렸다.

"넌 살 좀 빼면 이목구비가 또렷해질 거야. 나랑은 다르게 쌍꺼풀도 있잖아. 여기서 살짝만 다이어트해도 진짜 예뻐질걸? 말 나온 김에 화장해 줄까?"

"화장은 무슨. 그런 거 하면 안 어울린다고 욕만 먹을걸……."

"어머머, 누가 남들한테 예뻐 보이겠대? 자기 만족하려고 화장하는 거지. 장점은 부각하고 단점은 축소하는 진정한 화장발 한번 체험해 봐. 기분 전환 확 된다고. 진짜 구리고 못생긴 남자 애들도 지가 완전히 잘생긴 줄 알고 깝치잖아. 내가 봤을 땐, 넌 충분히 좋아 보여. 좀 자신감을 가질 필요가 있다고.”

결국 설득에 넘어가 버리고 말았다. 소민은 연수의 뺨에 크림 블러셔를 찍고, 건조하고 핏기 없는 입술에 오렌지빛 립글로스를 발랐다. 속눈썹은 마스카라 없이 뷰러로 바짝 올렸다. 부스스한 머리에는 에센스를 바르고 헤어롤로 말은 후 드라이했다. 탈의실 거울 앞에서 팬티 바람으로 신나게 꾸미다가 갑자기 현타가 오는 바람에 박장대소하자, 지나가던 아줌마가 혀를 끌끌 찼다.

“짠, 어때! 이 정도만 손봐도 달라 보이지?”

마녀의 요술 봉에 재투성이가 공주로 바뀔 만큼, 엄청나게 극적인 변화는 아니었다. 하지만 확실히 달라 보였다. 혈색 없던 하얀 얼굴은 발그레한 볼과 촉촉한 입술로 생기가 넘쳐 보였다. 동그란 커브로 말린 머리는 차분히 정리된 느낌이었다. 연수는 거울에 비친 모습이 생경했지만 솔직히 마음에 들었다.

“나도 몰랐던 나의 잠재력, 나쁘지 않지? 난 수능 끝나면 펑크족처럼 모히칸 머리 할 거야. 꼭 한번 해 보고 싶은데 아직은 용기가 안 나. 그때도 나 만나 줄 거지?”

“당연하지! 나 너밖에 친구 없잖아. 너 하고 싶은 머리 다 해!”

지금껏 대부분의 시간을 통통한 몸을 미워하는 데만 썼다. 소민이 부린 마법과 잠재력을 끌어내는 칭찬은 주문이 되어 연수를 뒤흔들었고, 줄곧 밉기만 하던 나를 사랑하는 법까지 알려주었다. 소민이 없었다면 그걸 깨닫기까지 시간이 얼마나 오래 걸렸을지 연수는 가늠할 수 없었다. 난파선처럼 바닥에 가라앉던 자신을 수면 위로 끌어올렸던 소민이 부모님의 이혼으로 충격을 받은 건지, 아니면 다른 일로 심경의 변화를 겪는 건지 연수는 진실을 알고 싶었다.

집에 돌아온 연수는 간만에 인스타그램을 켰다. 소민의 부추김에 만든 계정이었다. 계정에는 음식이나 애매한 배경 사진 몇 개가 전부였다. 한동안 뜸했던 소민의 계정에 세희와 다정하게 찍은 사진이 올라와 있었다.

"세희랑 어느 틈에 이렇게 친해졌지?"

같은 고1이지만 세희는 남다른 데가 있었다. 쉽게 다가갈 수 없는 퇴폐적인 화려함이 그랬다. 하기 싫은 일은 죽어도 안 하는 성깔 덕에 벼르고 있는 애들이 많았지만, 감히 함부로 건드릴 수 없는 데에는 빵빵한 집안 배경 탓이 컸다. 그래서일까 시험성적에 연연하지도, 쥐꼬리만 한 용돈 때문에 목말라 하지도 않았다. 한마디로 배짱이 두둑했다. 세희의 이미지에 호감을 느낀 애들은 '걸크 폭발'이라며 치켜세우기도 했다.

다만 마음에 걸리는 건 내키는 대로 연애를 하는 것이었다.

질 나쁜 남자애들과 술자리를 하며 어울려 다닌다는 둥, 성인 남성과 모텔 근처에서 목격했다는 둥 흉흉한 소문이 꼬리표처럼 따라붙었다. 세희와 어울리면서 소민까지 질 나쁜 연애에 내몰리는 건 아닐까 싶어 연수는 걱정스러웠다.

"어, 프로필 멘트가 바뀌었네?"

'_insomnia_somin'을 클릭하자 자물쇠 그림과 함께 비공개 계정 표시가 떴다. 팔로우 버튼을 누르면서도 거절당할 생각에 마음이 편치 않았다. 부쩍 소원한 관계도 그렇고, 둘 사이에 있던 수영장이라는 교집합도 사라졌기 때문이었다.

소민의 셀카는 하나같이 무표정하거나 멍해 보였다. 일부러 한쪽만 보이게 잘라 내거나, 기괴한 효과로 뒤틀려 보이는 사진들은 섬뜩하기까지 했다. 예전의 통통 튀는 발랄함은 온데간데없었다. 까닭 모를 우울함이 사진마다 짙게 드리워져 있었다.

따지고 보면 다툼이 있었던 것도 아닌데 연수를 피하며, 전혀 친분이 없던 세희랑 어울려 다니는 것도 이상했다. 사이가 멀어진 와중에도 가끔 소민과 눈이 마주쳤다. 연수는 왠지 소민의 눈빛이 '나 너 싫어'가 아니라 '나 좀 도와줘'로 읽혔다. 오랫동안 소민을 지켜봐 온 소꿉친구로서의 촉이었다.

이러지도 저러지도 못한 채 연수는 소민의 주변만 맴돌았다. 공허한 눈빛, 핏기 없는 얼굴, 유령 같은 침묵은 자신을 부정하려는 몸짓 같았다. 부모님의 이혼이 큰 충격이었으리라 추측하면서도 너머에 있는 정체불명의 기운이 마음에 걸렸다. 끙끙대며 고민하는데 문이 발칵 열렸다.

"수영을 아무리 열심히 하면 뭘 해, 저렇게 처먹는데! 어째 너는 갈수록 통통해지니!"

엄마의 호통에 퍼뜩 정신이 들었다. 연수는 입에 물고 있던 옥수수를 떨궜다. 엄마의 등 뒤에서 슬며시 비웃는 연희가 보였다.

"넌 그만 먹어! 공부하는데 지치면 안 되니깐 연희나 좀 먹어라. 넌 엄마 닮아서 살 안 찌니깐 실컷 먹어. 언니가 네 반의 반만이라도 닮으면 내가 원이 없겠다."

필요 이상으로 폭식을 하고 살이 찌게 된 원인은 엄마 때문이었다. 틈만 나면 둘을 비교하고, 대놓고 연수를 무시했다. 못마땅한 표정이라도 지을라치면 비딱한 태도를 문제 삼아 또 잔소리를 늘어놨다. 엄마의 정신적 학대로 인한 스트레스는 고스란히 폭식으로 이어졌다.

"엄마, 방에서 지독한 냄새 나지 않아?"

연수는 있는 힘껏 저주를 담아 동생을 흘겨보았다. 뻔히 연수의 땀 냄새라는 걸 알면서 일부러 드러내는 교활함에 치가 떨렸다. 자존감을 갉아먹는 데는 도가 튼 선수였다. 스트레스에 대한 즉각적인 반응으로 겨드랑이와 등에서 끈적한 땀이 훅 끼쳤다. 생선이 썩는 듯한 비릿한 냄새였다. 연희가 얼굴을 찡그리고 코를 움켜쥐었다.

"진짜 이름 값한다. 임연수어라고 알지? 네 몸에서 생선 썩는 냄새 나. 혹시 병 아니냐? 생선 냄새 증후군이라는 병도 있대. 시간 내서 병원 좀 가 봐."

연희의 조롱조차 부정할 수 없는 역한 냄새였다. 연수는 고개를 땅바닥에 처박고 두 사람이 나가기만을 기다렸다. 방문을 잠그고 나서야 서러운 눈물이 질금질금 흘러나왔다.

비염 때문에 냄새를 잘 못 맡는다며 너스레를 떠는 소민은 천사 같았다. 신이 불쌍한 하연수를 위해 보내신 건 아닐까 하는 착각마저 들 정도였다. 다시 관계가 회복되고 수영장에 갈 수만 있다면 더 바랄 게 없었다. 아무 생각 없이 소민과 함께 돌고래들처럼 종일 수영만 하고 싶었다. 그것만이 열일곱 살 개 같은 하연수 인생의 유일한 출구였다.

턱을 괴고는 멍하게 창밖을 바라보는 소민에게 용기를 내 다가갔다.

"뭐해?"

"어, 그냥 아무것도."

무뚝뚝한 반응에 자존심이 상했지만 연수는 애써 밝은 척했다.

"요새는 인스타그램 잘 안 해?"

"예전만큼은. 별로 재미없어서."

"세희랑은 어쩌다 친해졌어? 원래부터 알았어?"

소민의 손가락 마디마다 밴드가 붙어 있었다. 가까이서 보니 자잘한 생채기가 눈에 띄었다. 연수의 시선이 머물자, 소민은 얼른 손을 밑으로 내렸다.

"그런 건 아니고 어쩌다 보니 알게 됐어."

어물쩍거리며 대답을 또 회피하자, 연수는 슬슬 약이 올랐다. 그러나 인내심을 갖고 다시 질문을 던졌다.

"비공개 계정, 팠더라? 나 팔로우 신청했는데. 혹시 연애하는 거야?"

"아냐, 그런 거. 뜬금없이 뭘 그런 걸 물어봐."

소민은 거짓말에는 소질이 없었다. 불안한 시선이 좌우로 흔들렸다. 속내에 감춘 게 뭐길래 이토록 답답하게 구는 건지 연수는 짜증이 나면서 비참해지기 시작했다.

경솔하게 말을 한 대가로? 이혼가정이 아니라서 이해 못 할까 봐서? 고민을 털어놓기엔 믿음직스럽지 못해서? 차오르는 자책감들로 괴로웠다. 자신을 잔뜩 망가뜨리고 싶은 욕구가 치밀었다. 한때 가장 믿었던 친구에게 무시당하는 비참함은 이루 말할 수 없을 만큼 컸다.

"혹시 내가 뭐 잘못한 거 있어? 솔직히 말해 주면 안 돼?"

"뭘 그렇게 꼬치꼬치 묻니? 나 같은 쓰레기한테 관심 끊고 네

일이나 해!"

연수는 귀를 의심했다. 적나라한 단어에 몸이 홧홧 달아오르고 겨드랑이에는 땀이 축축하게 스몄다.

"쓰레기라니? 네가 왜 쓰레기야?"

불쑥 나타난 민세희가 껌을 질겅질겅 씹으며 소민의 어깨에 팔을 둘렀다.

"뭐야, 뭔 일 있어?"

거만한 시선으로 연수를 훑어보는 민세희의 미간이 조금씩 구겨졌다.

"아 씨발. 어디서 하수구 냄새나지 않냐? 뭐야, 이 악취는."

얼굴이 벌겋게 달아오른 연수를 마주한 소민이 눈을 동그랗게 떴다.

"난 아무 냄새 안 나는데? 세희야, 우리 매점 가자. 내가 쏠게."

소민은 세희의 손을 이끌고 곧장 일어섰다. 소민이 둘을 대하는 확연한 온도 차이에 연수는 서운하면서도, 스스로를 쓰레기라 칭하던 모습에 가슴이 욱신거렸다. 틀림없이 소민에게 무슨 문제가 생긴 게 분명했다. 온갖 생각의 갈퀴들이 연수의 머릿속을 어지럽혔다.

수영 강습을 끝내고 연수는 번화가 쪽으로 빙 둘러 돌아갔다. 학교에서 있었던 일로 머리가 복잡해서 그런지 밤공기를 좀 더 만끽하고 싶었다. 완연한 봄이었다. 사람들의 얼굴도 설레어 보였다. 알록달록한 불빛 사이로 걷는 연수의 발걸음도 한결 가벼웠다. 예전에 식구들이 자주 외식을 하던 먹자골목에 다다랐을 때였다.

딸랑, 맑게 울리는 종소리와 함께 호프집 문이 열렸다. 기분 좋게 취해 웃는 사내가 보였다. 아빠였다. 그 옆에 찰싹 붙어서 아빠의 볼에 입을 맞추는 여자도 보였다.

두 번 세 번 봐도 틀림없는 아빠였다. 불콰하게 술에 취한 얼굴이 무척 행복해 보였다. 머리를 식히려고 했건만 외려 머리가 폭발하기 직전이 되었다.

힘없이 집에 돌아온 연수에게 엄마가 짜증을 내며 말했다.

"이 인간은 어디 자빠져 있길래 전화도 안 받아? 어이구 속 터져."

한 편의 막장 드라마가 연수의 눈앞에서 펼쳐지고 있었다. 드라마의 절정을 위해서라면 방금 본 사실을 털어놓아야 했다. 하지만······.

"하연수! 네 방은 또 왜 이렇게 돼지우리야. 어휴, 기집애가 게을러터져서. 어쩜 지 아빠 미운 짓 하는 건 똑 닮았는지······."

근질거리던 입이 엄마의 타박에 거짓말처럼 멎었다. 연수는 조개처럼 입을 꾹 다물었다. 호프집에서의 아빠 얼굴은 근 몇 년간 본 중 가장 밝게 빛났다. 모아이 석상같이 무표정한 아빠가 눈가에 주름이 자글거리도록 웃고 있었다. 이 집에서 잃어버린 미소를, 간판도 바랜 허름한 호프집에서 찾은 것이다. 이상한 의리 혹은 동지의식 따위를 느꼈는지도 모른다. 숨 막히는 집을 떠나 수영장에서 자유를 느끼는 연수와 아빠 사이에는 묘한 연대감이 존재했다. 그와 더불어 부모님이 이혼만은 하지 않았으면 하는 바람도 있었다. 결국 연수는 비겁해지는 쪽을 택하기로 했다.

토요일이었지만 아무 약속도 없었다. 자유 수영이나 다녀오기로 했다. 올까 말까 망설이던 마음이 무색하게 기분이 상쾌했다. 끝나고 나오자 맑았던 하늘은 살짝 흐려져 있었다. 이대로 집에 가면 좋았던 기분이 깡그리 사라질 것 같았다. 아쉬움에 또다시 번화가로 발길을 돌렸다. 출출하기도 해서 뭐라도 먹을까 생각하며 걷는데 소민과 세희네 패거리가 있었다. 하나같이 진한 화장과 가벼운 옷차림이었다. 소민 홀로 긴 소매 옷을 입고 있었다. 연수는 담벼락에 바싹 몸을 붙였다. 다가오는 남자애들을 본 세희의 얼굴에 화색이 돌았다. 아이들은 2층에 있는 노래방으로 올라갔다. 등 돌리는 소민의 팔을 세희가 붙들었지만, 소민은 끝내 작별 인사를 건네고 돌아섰다. 연수는 그 뒤를 쫓아갔다. 온갖 먹을거리와 신상품으로 유혹하는 쇼윈도가 즐비한데도 소민은 땅만 쳐다보며 기운 없이 흐느적거렸다. 전화벨이 울렸다. 소민의 어깨가 크게 들썩거렸다. 갑자기 미친 듯이 소릴 지르더니 휴대폰을 길바닥에 내동댕이쳤다. 지나가던 사람들이 깜짝 놀라 바라봤다.

"무섭게 갑자기 왜 저러지? 가 봐야 할까? 근데 가서 뭐라고 해."

연수는 발을 동동 구르다가 내버려진 소민의 휴대폰을 주워 들었다. 빗방울이 하나둘씩 머리 위로 떨어지더니, 곧이어 후드득후드득 쏟아졌다. 사람들은 비를 피해 우왕좌왕 움직였다. 소민은 비를 흠뻑 맞으며 유령처럼 나아갔고 연수도 비를 맞으며 계속 뒤따라갔다. 아무도 없는 놀이터가 나오자 소민이 벤치에 걸터앉았다. 연수는 근처 편의점에서 황급히 우산 하나를 샀다. 흐트러진 채 앉은 소민은 메마른 가뭄에 단비를 맞는 식물 같아 보였다. 묵은 갈증을 씻어내려는 듯 입도 벌어져 있었다. 방해하면 안 될 것 같은 분위기였다.

더 이상의 비는 무리겠다는 판단이 섰을 때, 연수는 벤치 뒤로 살그머니 다가갔다. 흠뻑 젖은 블라우스 너머로 언뜻 실금 같은 자국들이 비쳤다. 거칠고 붉은 실선들이 빼곡하게 팔뚝을 뒤덮고 있었다. 피딱지가 채 마르지 않은 상처와 검붉은 멍들. 퍼붓는 빗줄기에 흉터는 문신처럼 또렷이 모습을 드러냈다. 머리가 아찔하고 눈앞이 가물거렸다. 붉은 빗금들이 꾸무럭거리며 움직였다. 눈꺼풀을 깜빡일 때마다 빗금들은 자리를 옮기며 글자의 형태를 띠었다.

'살려 줘.'

침묵 속에서 잠들어 있던 상처들이 외쳤다. 예기치 못한 상황에 속이 울렁거렸다. 왜 이제 알았을까. 자신의 무신경과 멍청한 오해가 견딜 수 없이 미웠다. 연수는 소민 쪽으로 우산을 기울였다. 잠시 후, 소민이 눈을 떴다.

"미안해. 많이 아팠지. 내가 어떻게 하면 도울 수 있는지 제발 알려 줘."

연수는 소민의 팔에 손을 뻗었다. 봄비에 젖은 피부가 얼음장처럼 차가웠다. 할 수만 있다면 자신이 가진 온기를 전부 주고 싶었다. 소민이 머뭇거리다 입술을 뗐다.

"나도 미안해. 말 못 해서."

소민의 눈에서 눈물인지 빗물인지 모를 말간 물이 주르륵 흘러내렸다. 연수가 머뭇대며 껴안자, 소민이 울기 시작했다. 흐느낌은 내리는 빗소리와 함께 씻겨 나갔다. 연수는 소민의 울음이 잦아질 때까지 등을 토닥이는 손을 멈추지 않았다.

연수가 홀로 오해하며 서운함을 키울 때, 소민은 어쩌면 평생 지워지지 않을 끔찍한 일을 겪고 말았다. 개학을 일주일 앞둔 날이었다.

한밤중, 소민은 자기 몸을 기어 다니는 어떤 불쾌함에 눈을 떴다. 고개를 돌리는데, 우악스러운 손이 입을 강하게 압박했다.

사촌오빠가 뒤에서 껴안고 옷 속으로 손을 넣고 있었다. 갑작스러운 충격에 몸이 굳었다. 비명도 나오지 않았다. 얼어붙은 채 뻣뻣이 있다가, 아랫부분을 더듬을 때야 정신이 퍼뜩 들었다. 뒤늦게 소민은 강하게 저항하며 몸을 뒤틀었지만 사촌오빠 역시 더 세게 밀어붙였다. 귓가에 닿는 역겨운 입김에 온몸에 소름이 돋았다. 호흡이 빨라지다 못해 꺽떡꺽떡 넘어갔다. 밀폐된 봉지에 머리가 들어간 것처럼 숨이 쉬어지지 않았다. 안간힘을 다해 거부의 몸짓을 보였지만 도와줄 수 있는 이는 없었다. 소민이 휘두른 팔꿈치에 코를 얻어맞은 사촌오빠가 잠시 주춤거렸다. 소민은 그 틈을 타서 재빨리 현관문을 열고 달아났다.

어른들에게 깍듯했고, 외고에 다닐 정도로 성적도 좋아서 이모에게 자랑스러운 아들인 사촌오빠였다. 하필이면 이모가 지방 출장으로 늦는 날을 틈타 이런 일을 벌일 줄은 꿈에도 몰랐다. 엄마도 외할머니 수술로 병원에서 밤을 새운다고 했다. 사촌오빠의 더러운 범죄에 몸을 피할 곳이 없었던 소민은 아파트 층계참에서 밤을 보내야 했다.

그날 이후로도 사촌오빠는 태연하게 소민을 마주했다. 간간이 서늘한 웃음을 흘리며 바라볼 땐, 반사적으로 몸이 굳었다. 죄의식이라고는 눈곱만큼도 찾아볼 수 없는 모습에 소민은 덜컥 심장이 내려앉았다. 그 밤의 공포는 여전히 주변을 맴돌며 소민을 송두리째 옭아맸다.

더는 참을 수 없는 한계점에 다다른 어느 날, 무작정 집을 나왔다. 학교 근처 피시방에서 시간을 보내다 같은 반인 세희를 우연히 만났다. 남자애들하고 만나기로 했는데 짝이 안 맞는다며 함께 가자고 했다. 갈 곳 없는 소민으로서는 반가운 제안이었다. 커다란 배낭에 가출을 눈치챘을 텐데 세희는 아무것도 묻지 않았다.

"엄마한테는 이모네 집 불편하다고 당분간 혼자서 고시원에 있겠다고 말했더니, 처음엔 반대하다가 나중엔 체념했는지 허락하더라. 엄마가 계속 무슨 일 있었냐고 묻는데 죽어도 그 일은 말을 못 하겠더라고. 혼자 자다가 악몽 때문에 깨서 울고, 온종일 내가 너무 싫고 미칠 것 같아서 울고…… 자꾸 죽고 싶고 너무 힘들었어. 그러다 괴로움을 잊으려고 몸에 상처를 내기 시작했어. 한번은 너무 심하게 상처를 내다가 정신을 잃었어. 눈 떠 보니 세희가 내 뺨을 때리고 있었지. 이러다가 정말 큰일 나겠구나 싶었는지 세희가 방학에 자기네 집에 있으라고 해서 신세를 좀 졌어. 혼자 있는 거보단 나을 거 같아서 내키진 않지만 억지로 밖에 돌아다니면서 어울렸고, 꼬치꼬치 캐묻지 않는 세희에게 의지하는 게 나로서는 최선이었어."

"난 내가 뭘 잘못한 게 있나 했어. 네가 날 피하는 것 같아서……."

"부끄러웠어. 말할까 싶다가도 도저히 입이 떨어지지 않았어. 그리고 비공개 계정은 별거 아니야. 자해한 사진 같은 거 올렸어. 웃긴 게, 죽고 싶은 마음이랑 관심받고 싶은 마음이 동시에 드는 거야. 사진 올리면 나 같은 자해러들이 댓글 달아 줬거든. 그게 은근히 위로됐어. 자기들도 힘들면서 '만나서 얘기할래요?' 물어봐 주고 먹고 힘내라고 기프티콘 같은 거 보내줘. 그게 또 엄청 짠하고 웃겨. 그리고 수영장은……."

"그만 말해도 돼. 고마워, 힘든 이야기 해 줘서."

"나 너무 최악이다. 내가 싫어서 견딜 수 없을 만큼."

"아냐, 그런 소리 하지 마. 넌 그때나 지금이나 여전히 끝내 주게 멋져. 네가 원한다면 사촌오빠를 내가 죽여 버릴 수도 있어. 그만큼 넌 나한테 무지무지 소중해. 그러니깐 앞으로는 상처 주면서 자신을 벌주지 않으면 좋겠어. 당장 자해 못 끊겠다면 조금씩 줄여 보자. 내가 옆에 있을게."

소민은 대답하지 않았다. 대신 복받쳐 터져 나온 감정에 짐승처럼 울부짖었다. 연수의 마음속에서 버티던 댐도 와르르 무너졌다. 코끝이 시큰하고 시야가 아물거렸다. 둘은 눈물을 쏟아 내며 남은 시간을 함께했다. 끊어졌던 마음과 마음이 다시 이어졌다.

소민의 사촌오빠는 성추행도 모자라 소민에게 지속적인 2차 가해를 하고 있었다. 수시로 전화와 문자를 보내 괴롭혔다. 소민이 극도의 불안에 휩싸일까 봐 연수는 염려스러웠다. 이대로라면 금세 또 무너져 내릴 게 분명했다. 소민은 제풀에 나가떨어질 때까지 그냥 기다리자고 했지만, 연수는 가만히 지켜보고만 있을 수 없었다. 전화 녹취와 문자로 사촌오빠에게 경고하면 어떨지 연수는 생각했다. 그만한 배포와 깜냥이 자신에게 있을지 걱정되었지만, 소민을 구하려면 용기를 내고 목소리를 높여야 했다. 연수가 계획을 허락 맡으려고 묻자, 소민의 두 눈에 미심쩍은 두려움이 스쳤다.

"보복하겠다고 하면 어떡해. 엄마랑 이모 사이는 또 어떻게 하고……."

"그땐 정말 경찰서 가야지. 그 개새끼한테 계속 이렇게 끌려다닐 순 없어."

연수의 목소리가 흥분으로 높아졌다.

"웬 경찰서? 개새끼는 또 누구야? 너 설마 협박당하니?"

불쑥 나타난 세희의 추궁에 하는 수 없이 그간의 일들을 털어놓았다.

"역시나, 전화만 받고 나면 바들바들 떨더니. 자꾸 받아 주니깐 계속 그러는 거야. 그 새끼가 광광 날뛰면 변호사 선임해서 고소한다고 그래. 나도 이런 재수 없는 일 겪어 봤어. 이건 절대로 네 잘못 아니야. 그 짐승 새끼가 문제지. 쪽팔리는 건 잠깐이지만 고통은 평생 가. 마음의 평화 그거, 존나게 싸워야 얻을 수 있는 거야."

직설적인 말투였지만 든든하고 믿음직했다. 연수는 세희의 화려한 겉모습만 보고 멋대로 판단한 게 부끄러웠다. 그리고 무척 고마웠다.

"내가 널 오해했나 봐. 방금 좀 놀랐어. 고마워, 세희야."

"괜찮아, 익숙하니깐. 도움 필요하면 언제든지 불러. 우리 집 넘쳐나는 게 돈이야."

애들이 왜 세희더러 '걸크'거렸는지 알 것도 같았다. 문득 껄끄럽게 생각했던 세희의 등장에도 땀이 나지 않음을 깨달았다.

연수는 소민의 사촌오빠에게 차분히 경고의 메시지를 전달했다. 더는 은밀하게 소민을 물고 늘어질 수 없다는 걸 알아챈 비겁한 새끼는 연락을 끊었다. 가해자와 연결될 만한 가능성을 모조리 제거하고 싶어서 소민은 전화번호도 바꿨다. 일상을 되찾기 위한 소민의 묵묵한 싸움은 계속 이어졌다.

이른 아침 눈을 떴다. 커튼을 열자 황금빛 햇살이 쏟아졌다. 구름 한 점 없는 쾌청한 하늘이었다. 엄마와 연희는 일찌감치 밥을 먹고 있었다.

"왜 나는 밥 먹으란 소리 안 해?"

"넌 토요일은 맨날 늦게까지 잤잖아. 연희는 학원 가니깐 이 시간에 먹는 거고. 밥 세 끼 따박따박 먹으면서 살은 언제 뺄래? 한 끼 정도는 굶어."

연희가 연수를 흘끗 보며 피식 웃었다. 한동안 잠잠하던 마음의 평화가 그 웃음에 금이 갔다. 연수는 심호흡을 한 번 크게 내뱉었다.

"엄마, 아빠 바람피우는 거 알아?"

느닷없는 폭탄에 연희가 캑캑대며 기침을 뱉었다. 엄마는 어이가 없다는 표정이었다.

"이게 아침부터 못 하는 소리가 없네? 너 왜 이래, 돌았어?"

"그래, 나 돌았어. 엄만 매사에 나한테 막말하잖아. 없는 얘기한 것도 아니야. 내 두 눈으로 똑똑히 봤다고. 어떤 아줌마가 아빠한테 뽀뽀하는 거!"

"그래서? 엄마 마음 아프라고 아침 댓바람부터 그 얘기 꺼냈니? 나 참, 내가 그런 것도 몰랐을 것 같아? 바깥에서 바람피우고 들어오면 냄새가 달라, 냄새가. 이 기집애야."

짐짓 태연한 척하는 태도에 연수는 약이 바짝 올랐다. 열이 나면서 어김없이 축축한 땀이 솟아났다. 돌이킬 수도 물러설 수도 없었다.

"엄마 진짜 독하다. 아빠가 왜 싫어하는지 알겠네. 둘이 그냥 이혼해. 서로 그렇게 미워하면서 왜 같이 살아. 이깟 가족이 뭔데? 엄마는 내가 아빠 닮아서 싫지? 누군 이렇게 태어나고 싶었대? 왜 연희랑 비교하면서 가만히 있는 날 못 잡아먹어 안달이야! 내가 아빠여도 맨날 꼬투리 잡는 엄마한테 정떨어져서 바람피우겠어. 나한테 화풀이 말고, 두 사람 일은 둘이 풀어."

카랑카랑한 목소리로 쐐기를 박자, 엄마는 입만 떡하니 벌리고 있었다. 그 모습이 쭈글쭈글하게 녹아내린 밀랍 인형 같았다. 연수는 씩씩대며 연희를 노려봤다.

"그리고 하연희, 너도 조심해. 한 번만 더 나 무시하면 가만 안 둬."

"내가 널 언제 무시했냐? 너 그거 괜한 피해 의식이야!"

"이게 진짜 튀어나온 입이라고!"

"아악!"

연수는 연희의 머리를 거칠게 잡아당겼다. 이리저리 휘둘릴 때마다 연희의 얼굴이 고통으로 일그러졌다. 속이 다 후련했다. 뒤늦게 엄마가 등을 때리며 말렸다.

"나 이제 가만히 안 있어! 아니 못 있어!"

심장이 미친 듯이 벌렁거렸다. 더 있다가는 주저앉을 것 같아서 현관문을 박차고 나갔다. 곧장 엘리베이터를 타고 밖으로 나가서 가쁜 숨을 골랐다. 호흡이 잦아들자 짜릿한 쾌감이 밀려왔다. 해묵은 감정을 정리한 연수는 해방감을 안고 약속장소로 향했다.

터미널에서 연신 싱글벙글하는 연수를 의아하게 여긴 소민이 물었다.

"너 되게 기분 좋아 보인다, 무슨 일 있었어?"

"좋은 일, 있지. 너랑 부산 가잖아. 완전 설레. 나 부산 한 번도 안 가 봤거든."

토요일 아침, 사람들 틈에 끼어 기차를 기다리는 낯선 경험이 둘을 들뜨게 했다. 기차에 타고도 둘은 쉬지 않고 떠들어 댔다. 소민은 오래간만에 찾는 고향의 명소들을 줄줄이 읊었다. 생생한 묘사에 연수의 마음도 기분 좋은 예감으로 부풀었다. 창밖으로 파란색과 초록색 물감이 번진 수채화 같은 풍경이 지나갔다. 늘 먹던 주전부리까지 유난히 달콤했다.

부산역에 도착했다. 차도 사람도 빽빽했고, 무엇보다 놀랍도록 활기가 넘쳤다. 서울의 포근한 봄과는 달리 벌써 초여름 같은 날씨였다. 곧장 시내버스에 올라탔다. 바다와 가까워질수록 비릿한 짠내가 코를 간지럽혔다. 정류장에서 내려서 바다를 바라보며 걸었다. 이윽고 탁 트인 수평선이 눈앞에 펼쳐졌다. 날씨가 좋아서인지 수영하는 사람들도 꽤 있었다. 푸른 하늘과 파랑 물결 사이로 뭉게구름이 부드럽게 경계를 갈랐다. 금가루를 뿌린 듯, 모래알은 햇빛에 반짝였다. 모든 것이 영화의 한 장면처럼 아름다웠다.

"오면서 곰곰이 생각해 봤는데, 내일 집에 돌아가면 엄마한테 솔직하게 털어놓으려고. 내가 입을 닫으면 누군가는 또 피해를 볼 거야. 내가 못 하게 막을래."

바닷바람이 소민의 머리칼을 가볍게 흩트렸다. 햇살을 받은 옆모습이 눈부시게 당당해 보였다.

"역시, 소민이야. 멋지다!"

부서지지도, 깨지지도 않을 단단한 마음을 연수는 응원했다. 소민이 빙그레 웃으며 주저 없이 앞으로 걸어갔다.

"와, 이게 얼마 만에 바다야!"

기쁨의 탄성과 함께 소민이 티셔츠를 훌러덩 벗었다. 희미한 갈색 딱지들이 까무잡잡한 팔뚝에 잔뜩 앉아 있었다. 상처들이 완전히 아물어 사라질 때, 소민의 아픈 기억도 깡그리 지워지면 좋겠다고 연수는 생각했다. 바지까지 훌훌 벗어 던지자 네이비색 수영복 차림이 되었다. 머리까지 질끈 묶은 소민은 바다로 뛰어갔다. 밀려드는 파도를 거스르며, 소민은 앞으로 헤엄쳤다. 사람들은 행복한 미소를 가득 띠고 있었다. 연수는 이번 달 수영장 등록비를 들고 이곳에 왔다. 단 이틀을 위해 수영장을 포기했지만 후회는 없었다. 진짜 바다를 만났으니깐. 문득 바다를 벗 삼았을 소민의 어린 시절이 부러웠다. 그러다 제 어린 시절 기억까지 덩달아 딸려 왔다.

연수의 가족도 행복한 때가 있었다. 야근이 잦은 아빠는 주말이면 꼭 가족들과 시간을 보내려 했다. 근사한 레스토랑에서 점심을 먹고 유원지나 공원으로 나들이를 나섰다. 어린 시절 연수와 연희는 사이좋은 자매였다. 부모님의 성격이 판이한 건 사실이지만, 연수와 연희가 그 틈을 메우며 적절한 균형감을 유지했다. 네 사람이 톱니바퀴처럼 서로 맞물려 가족의 시계를 움직였다. 가족으로 묶여 있어도 서로 다르기에 매번 균형을 유지하는건 어려운 일이었다. 상처받고, 외면당하고, 치열하게 싸우기도한다. 결국 한쪽의 톱니가 마모된 줄 모르고 멈추지 않았기에시계는 지금 고장이 났다. 연수는 망가진 시계를 버리기보다는고치고 싶었다. 모나다고 생각한 자신이 소민과 맞물리는 것처럼 원점으로 돌아가 다시 시작하면 된다.

"하연수! 뭐 하고 있어. 완전 기분 최고야! 빨리 들어와!"

"알았어. 나도 간다!"

옷을 벗다가 휴대폰이 바닥에 떨어졌다. 엄마에게 톡이 와 있었다.

　　너 좋아하는 카레 만들어 놨어. 늦지 말고 와. 같이 저녁 먹고 얘기 좀 하게.

가슴이 철렁했다. 싸우는 데 혈안이 돼서 부산에 온다는 말을깜빡하고 말았다.

"뭐야, 먹는 걸로 구박할 때는 언제고, 먹을 걸로 유혹해."

연수는 툴툴거렸다. 그러나 한편으론 안심이 되었다.

　　나 안 들어가. 가출했어.
　　 ⋮

．

는 뻥이고, 친구 따라서 부산에 왔어. 얘네 할머니 댁에서 자고 내일 일찍 갈게.

이따 전화할게. 아까는 미안해, 엄마.

　　전송 버튼을 꾹 눌렀다. 흐트러진 옷들은 가지런히 개켜서 가방 위에 포갰다. 두 팔을 크게 벌리고 스트레칭을 했다. 긴장한 근육들이 조금씩 풀어졌다. 소민이 활짝 웃으며 빨리 오라고 재촉했다. 연수는 시원한 바다 내음을 깊이 들이켰다. 하얀 물보라를 일으키며 부서지는 파도에 발을 담갔다. 햇빛에 데워진 바닷물은 따뜻했다. 앞으로 걸어갔다. 따뜻한 바닷물에 연수의 몸이 조금씩 젖어 들어갔다.

피바람 몰아치고

*

오하라는 아침부터 심기가 매우 불편했다. 멍청한 인간들이 저지르는 빈번하고 사소한 실수에 여느 때처럼 평정심을 유지할 수 없었다.

게다가 오늘은 그날. 컨디션도 바닥을 기었다. 일방적으로 약속을 깨뜨려 놓고 뻔뻔스레 눙치던 브로커의 말투가 머릿속에서 자꾸 재생되었다. 머리로는 '참을 인' 자를 열심히 돋을새김했지만, 입 밖으로 출력되는 건 욕지거리뿐이었다.

"간이 배 밖으로 튀어나온 거 아니야? 하여간 사람 고쳐 쓰는 거 아닌데, 거래를 끊든가 해야지. 아니, 이참에 놈의 숨통을 끊어 버릴까."

평소 오하라의 입에서 나올 법하지 않을 거친 말이 튀어나오자, 주변에 있던 아이들은 제 귀를 의심하며 힐끔거렸다. 수군거림을 느낀 오하라는 미간에 몰린 힘을 얼른 뺐다. 오하라의 어두운 안색 때문인지 쳐다보는 사람마다 불안한 시선이 오갔다.

오하라는 제 안의 남은 긍정적인 에너지를 끌어모아 미소를 지어 보였다. 걱정하던 눈빛들이 차츰 안도의 눈빛으로 변해 갈 때까지.

'그나저나, 어떡하지. 오늘은 그날이라 피도 더 많이 당기는데. 대낮에 그것도 학교에서 어떻게 피를 구하난 말이야!'

불길한 예감에 입속이 바짝바짝 말랐다. 필시 오늘은 재수가 없는 날임이 분명했다. 좋게 말하면 붙임성이 많은 것이오, 나쁘게 말하면 눈치가 지지리도 없는 민정은이 10미터 전방에 나타난 것이다. 오하라를 추종하는 척하다가도, 없는 자리에선 뒷말을 뿌리며 모종의 쾌감을 느끼는 아이였다. 웬만하면 꼬투리를 잡히지 않는 게 상책이다. 원수는 외나무다리에서 만난다더니…… 머리가 살짝 어지러웠다.

오하라를 발견한 민정은은 나비처럼 양팔을 나풀거리며 뛰어왔다. 그러고는 다짜고짜 팔짱을 꿰찼다.

"어머, 하라야. 안색이 많이 안 좋다. 이 다크써클 좀 봐. 어디 아파? 내가 보건실에 같이 가 줄까?"

민정은의 호들갑에 오하라는 어금니를 꽉 깨물었다. 민정은의 단발머리 아래로 흰 목덜미가 보이자 식었던 피가 뜨겁게 끓어올랐다. 순간적으로 냉정함을 잃을 뻔했지만, 지난 수십 년 동안 갈고닦은 인내심이 이겼다. 겨우 정신을 차린 오하라가 방긋 웃으며 대답했다.

"으응. 아냐, 괜찮아. 신경 쓰지 마."

민정은의 배려에 감동하는 척, 손을 살짝 맞잡았다. 그러면서 티 나지 않게 팔을 슬며시 빼냈다. 그러자 여우 같은 민정은은 오하라의 팔뚝을 아까보다 더 세게 끌어당겼다. 피 냄새에 숨이 턱 막힐 것 같았다.

"어떻게 신경을 안 써. 애들이 너만 쳐다보는데. 얼굴이 백지장같이 하얀 게 당장에라도 쓰러질 것 같단 말이야."

걱정하는 말투와 달리 얼굴은 얄밉도록 생글생글 웃고 있었다.

'요 쥐방울만 한 것이 자꾸 가만있는 뱀파이어 성질을 돋운다 이거지?'

오하라는 고개를 절레절레 저으며 정색하는 표정을 지었다.

"진짜 괜찮아."

오하라가 주변을 살피며 민정은의 어깨에 살포시 얼굴을 묻었다. 생각지 못한 스킨십에 민정은의 귓불이 은근하게 달아올랐다.

"저기 미안한데, 나 지금 생리 중이야. 모두 앞에서 티 내기 싫어서 그래. 그냥 모른 척 좀 해 줘. 부탁할게."

민정은의 머리칼에서 달콤한 복숭아 향이 풍겨 왔다. 오하라가 귓가에 서늘한 입김을 뱉자 민경은의 뺨이 발그레 물들었다.

"어머, 내가 눈치도 없이! 그래 하라야, 힘들면 참지 말고 진통제 꼭 먹어. 부탁할 일 있으면 나한테 말해. 그럼 가 볼게."

발랄하게 뛰어가는 민정은의 뒷모습을 바라보며 오하라는 땅이 꺼질 듯이 한숨을 내뱉었다.

52년째 18세로 사는 오하라는 뱀파이어다.

52년 전 그날, 학교가 끝나고 집으로 가는 중이었다. 낯선 사람이 길을 물어 왔다. 늦은 저녁이었고 인적 하나 없는 어두운 골목이었다. 목소리에 다소 거친 호흡이 섞여 있어서 처음에는 덜컥 겁을 먹었다. 가까이서 보니 여자이기에 이내 긴장을 풀었다. 식은땀을 흘리는 게 어딘가 아파 보였다. 이런 곳에서 한밤중에 길을 묻긴 해도 수상해 보이는 인상은 아니었다. 아니 솔직히 말하자면 눈이 번쩍 뜨일 만큼 매력적이고 아름다웠다. 동성의 얼굴에 감탄한 사실이 부끄러워서 오하라는 여자의 까만 눈동자를 똑바로 바라볼 수 없었다. 가로등 불빛에 여자가 내민 약도를 보고 열심히 위치를 더듬었다. 오하라는 손가락으로 여자가 찾아가야 하는 곳을 선을 그으며 가리켰다. 그때 예기치 못한 일이 발생했다. 여자가 오하라의 가녀린 손목을 살며시 움켜쥐고는 자신의 입술로 가져갔다. 여자의 손은 무척 차가웠지만 아기 속살처럼 부드러웠다. 오하라는 살결의 촉감에 취해 그저 여자가 하는 짓을 멍하니 바라만 보았다. 여자의 입이 서서히 벌어졌다. 어둠 속에서 뾰족한 송곳니가 모습을 드러냈을 때,

뭔가 잘못됐다는 생각이 들었다. 그러나 손을 빼기엔 이미 늦어 버렸다.

굶주린 하이에나처럼 여자는 오하라의 손목에 이를 박고 표독스럽게 피를 빨았다. 피를 빨아들일 때마다 펌프가 지하수를 길어 올리듯 쿨럭쿨럭하는 소리가 났다. 오하라는 머리가 핑 돌면서 어지러웠다. 점점 몸도 나른해졌다. 여자가 지레 놀라며 물러섰을 때는, 오하라의 심장이 멎기 직전이었다.

"미, 미안해요. 나도 모르게…… 그날이라서……."

입술로 흘러내린 피를 여자는 알뜰하게 혀로 날름거렸다. 여자는 제품에 풀썩 쓰러진 오하라를 부둥켜안았다. 여자는 본능에 못 이겨 저지른 일이 괴로웠는지 앙상한 손가락으로 얼굴을 쥐어뜯으며 신음했다. 망설인 끝에 여자는 제 손목을 물어뜯었다. 선명하고 진득한 붉은 피가 오하라의 입속으로 흘러들었다.

그리고 잠시 후, 오하라는 몽롱한 상태에서 홀로 깨어났다. 여자는 온데간데없었다. 분명히 길을 가르쳐 주던 중이었는데…… 꿈이라도 꾼 건가 하는 생각이 들었다.

뒤숭숭함을 안고 집으로 돌아왔다. 가족들은 자고 있는지 집 안이 조용했다.

샤워하려고 화장실로 들어갔다. 앙증맞은 이빨 자국이 손목에 또렷하게 남아 있었다. 뜨거운 물에 박박 문질렀지만 자국이 지워질 리 만무했다. 거울을 보던 오하라는 소스라치게 놀랐다.

투명하고 뽀얀 피부와 그윽한 눈매, 금방이라도 과즙이 터질 것 같은 도톰하고 붉은 입술, 봉긋이 솟은 가슴과 엉덩이까지. 몰라보게 아름다워진 제 모습 때문이었다. 오하라는 바뀐 제 육체를 믿을 수 없어 한참 동안 더듬거렸다.

당연하게도 그날 밤은 한숨도 잘 수 없었다. 다른 사람의 탈을 뒤집어쓴 듯이 완벽하게 바뀐 외모를 엄마에게 설명할 길이 막막했다. 고민 끝에 오하라는 몰래 짐을 꾸렸다. 열린 안방 문 틈새로 모로 누워 자는 엄마를 바라보았다. 눈물이 주르륵 흘러내렸다. 잠꼬대하던 엄마가 돌아눕자 얼른 눈가를 훔쳤다. 감상에 젖어 있을 수만은 없었다.

엄마는 일찍 남편을 잃고 어린 딸을 위해 몸이 부서져라 일했다. 자기를 위해서는 십 원 하나 허투루 쓰지 않고 살림을 꾸려 나갔다. 그런 엄마가 피땀 흘려 모아 둔 쌈짓돈 봉투 하나를 안주머니에 넣고 오하라는 집을 나섰다.

"엄마, 이 돈은 꼭 갚을게. 미안해."

비집고 나오려는 눈물을 집어삼키며 조심스레 대문을 닫았다.

동이 터오기 전 새벽녘, 터미널에서 버스를 기다리는데 느닷없이 허기가 찾아왔다. 이곳에서의 마지막 식사니만큼 평소 좋아하던 터미널 앞 국밥집에 들어갔다. 그런데 국밥을 떠서 입에 넣는 순간 지독한 구역질이 밀려왔다. 바뀐 육체가 인간의 음식을 완강히 거부하는 바람에 한 숟갈도 입에 넣을 수 없었다. 이상하게도 사람들의 목덜미에 자꾸 시선이 꽂혔다. 여자의 피를 이식받은 오하라가 뱀파이어로 다시 태어난 이상 어쩔 수 없는 일이었다. 본능에 굴복하는 건 시간문제였다.

하루를 굶자 눈앞이 핑글핑글 돌고 사지가 떨려 왔다. 결국 다음 날 밤 사냥에 나서야 했다. 긴장한 탓인지 다리가 자꾸 휘청였다. 어찌할 바를 몰라 손 거스러미만 물어뜯으며 한참을 벤치에 앉아 있을 때였다. 갈지자로 비틀대며 걷던 취객 하나와 눈이 마주쳤다. 술에 취한 남자는 오하라를 보고는 의미심장한 웃음을 지으며 방향을 돌렸다. 돌부리에 걸려 넘어졌지만 엉덩이를 털며 악착같이 다가왔다. 넥타이를 머리에 두른 남자에게서 삼겹살과 마늘 냄새가 뒤섞인 불쾌한 악취가 풍겼다. 남자는 묻지도 않고 오하라의 옆에 덥석 앉았다. 남자가 노골적으로 위아래로 훑어보았다. 얼굴을 잔뜩 찡그리며 역겨움을 드러냈지만, 남자는 전혀 개의치 않으며 추근댔다.

"아가씨, 왜 혼자 있어? 안 무서워? 아가씨도 나처럼 외로워?"

예전 같으면 지레 겁부터 먹고 줄행랑을 쳤겠지만, 지금은 달랐다. 제 발로 걸어 들어온 귀한 식량이었다. 하지만 아직 인간이길 바라는 마음속에서 갈등이 폭풍처럼 일었다. 고뇌에 휩싸여 대꾸가 없는 걸 알 리 없는 남자는 오하라에게 몸을 더 바싹 붙였다. 푸른 핏줄이 돋은 붉은 목을 보자 저절로 침이 꼴깍 넘어갔다. 남자의 목울대도 덩달아 꿀렁거렸다. 살가죽 너머의 붉은 피를 상상하자 머리가 미쳐 버릴 지경이었다.

"아가씨 나랑 좋은 데 갈⋯⋯."

오하라는 남자의 목에 송곳니를 꽂았다. 지난 며칠을 굶고 이성을 잃은 오하라였다. 젖 먹던 힘을 다해 힘껏 목을 빨아들였다. 입안으로 따뜻한 피가 왕성하게 밀려왔다. 살아 있는 인간의 피가 식도를 타고 내려오자 오하라는 짜릿한 전율에 온몸을 부르르 떨었다. 솔직히 맛있다고는 할 수 없는 저급의 피였다. 알코올 때문인지 농도는 묽었고 들척지근한 술맛이 났다. 그러나 피가 몸 안으로 스미자마자 모든 세포와 감각이 동시에 폭발하듯이 열렸다. 흡혈이 앞으로 자신의 삶에서 도저히 거부할 수 없는 일임을 깨닫고 오하라는 눈물을 흘렸다.

이왕 할 수밖에 없다면 죄질이 나쁜 놈을 선택하기로 맘먹고 일부러 우범지대를 골라서 살았다. 몸에 난 이빨 자국을 의심할까 봐 나중에는 대형 채혈 주사기로 피를 뽑아서 마셨다. 그렇게 하루하루 살다가 자신의 정체가 탄로 날 낌새가 보이면 미련 없이 떠났다. 아무리 주거환경이 좋은 곳이라 해도 마찬가지였다. 외모는 영원한 18세였기 때문에 한 거주지에서 최대 십 년을 넘지 않게 살았다.

오하라가 길거리에 서 있기만 해도 그들은 기꺼이 찝쩍대러 다가왔다. 죽음을 자초하고 뛰어드는 불나방 떼 같았다. 오하라는 자신의 외모가 아름답게 된 까닭은 살아서 미끼를 유혹하기 위함이라고 생각했다. 비록 타인의 피로 생을 연장할지언정 자신도 엄연히 신이 허락하는 존재라고 믿었다. 피를 빨린 사람들의 지갑은 곧 오하라의 생활비로 쓰였다. 그 돈으로 집과 기타 필요한 살림살이를 장만했다. 그리고 남는 돈은 엄마에게 우편으로 부쳤다. 밥 대신 피를 먹는 것만 다를 뿐이지 인간일 때와 별반 다를 게 없는 생활을 꾸려 갔다.

뱀파이어의 생활이 어느 정도 익숙해지자 내친김에 인간의 수명이었으면 어림도 없었을 여러 가지 꿈들을 이뤄 보기로 했다. 배우, 디자이너, 미용사, 교사, 자영업자, 운동선수 등 그때마다 원하는 대로 직업을 골랐다. 확실히 직업을 가지니 무료하기만 하던 생활에 적당한 긴장감과 활력이 생겼다.

고등학교로 돌아가기 전 마지막에 했던 건 지방 여자농구 실업팀 선수였다. 현실 세계였다면 볼이나 줍고 벤치나 지켰을 체력이었지만 뱀파이어가 된 후론 덩크슛, 3점 슛, 철벽 블로킹, 모든 기술이 쉬웠다. 월등한 신체 조건으로 인한 실력, 조각 미녀 용모와 카리스마를 탑재한 오하라는 코트 위를 훨훨 날아다니며 바람을 몰고 다녔다. 비인기 종목이라 경기마다 관중석은 비어 있는 날이 더 많았지만, 가끔 자매결연을 한 인근 여고에서 단체관람으로 자리를 채워 줄 때도 있었다. 여고생들은 넘치는 에너지를 주체하지 못했다. 자기들끼리 웃고 떠들고 힘껏 소리 지르고 응원하며 썰렁한 농구장을 화사하게 채웠다. 시원하게 터지는 하이 톤의 웃음소리가 경기장에 울려 퍼지면 오하라의 가슴이 희미하게 떨려 왔다. 그리움 때문인지 아니면 미련 때문인지 알 순 없었다. 유독 여고생들이 올 때면 뒤통수가 간질거려 경기에 집중할 수가 없었다.

선수로 뛴 지 어언 일 년, 반복되는 훈련과 승패가 뻔한 경기에 슬슬 권태를 느끼던 참이었다. 각종 직업훈련을 연마하던 오하라는 결국 원래 신분이던 여고생으로 돌아가기로 했다.

"하라야, 선생님 이것 좀 같이 들어줄래?"

생물이었다. 오하라가 대답을 하기도 전에 생물은 손에 들고 있던 짐꾸러미를 반으로 뚝 떼어 안겨 주었다. 그러고는 마디마다 굵은 잔털이 난 오동통한 손가락으로 오하라의 팔뚝을 매만지며 말했다.

"교무실까지 좀 부탁할게. 미리 고마워."

생물의 끈적끈적한 눈빛이 오하라의 얼굴에 기분 나쁘게 달라붙었다. 불쾌지수가 극에 달했다. 배에 찌르는 듯한 통증이 느껴졌다. 일진이 정말 사나운 날이라고 생각했다. 복도가 넓은데도 불구하고 생물은 자꾸 오하라 쪽으로 몸을 기울이며 걸었다. 오하라가 발걸음을 늦추면 생물도 귀신같이 속도를 늦췄다. 저 깊은 곳에서 적의가 스멀스멀 피어올랐지만 꾹 참고 견뎠다.

몇 년 전, 공원에서 시비 걸던 주정뱅이를 덮쳤다가 어설프게 CCTV에 찍힌 적이 있다. 곧장 짐을 싸서 떠났기에 망정이지 하마터면 수배에 오를 뻔했다. 그 일이 있고 난 뒤 대낮의 공공장소에선 주의를 기울이기로 다짐했다.

생물이 오하라 쪽으로 빙글 돌며 등으로 교무실 문을 밀었다. 생물의 느끼한 미소에 짐을 받쳐 든 오하라의 두 손이 부들거렸다. 교무실 안에선 박원재가 학생부장한테 귀를 잡힌 채 실랑이 중이었다.

"인마, 너는 대체 뭐가 되려고 벌써 전적이 화려하냐?"

"아, 선생님 아파요. 이것 좀 놓고 얘기하세요. 저 아직 회복도 다 안 돼서 의사가 조심하라고 그랬단 말이에요."

"으이구, 새끼가 입만 살아서. 너 징계인 거 알지?"

"그런 게 어디 있어요! 전 면허도 있고 상대방 차 과실로 사고가 난 건데."

"나한테 말고, 징계위원회 때 말해. 그만 가 봐."

"아, 진짜 말도 안 돼. 완전 개 억울!"

"시끄러워!"

잘 익은 고구마처럼 얼굴이 붉게 타오른 박원재가 분해 죽겠다는 몸짓으로 허공을 향해 씩씩거렸다. 치킨 보이답게 또 배달하다가 사고를 친 모양이었다. 기웃거리던 오하라는 박원재와 눈이 마주쳤다. 머쓱함에 고개를 돌렸는데 생물이 코앞에 다가

와 있었다. 분화구 같은 모공의 매부리코에 놀라서 뒤로 헛걸음질을 쳤다. 생물의 두툼한 손이 오하라의 허리를 감싸 쥐었다.

"아유, 넘어지겠다. 조심해."

머릿속에서 터질 듯이 팽팽하던 실이 툭 하고 끊어졌다. 삐삐삐. 참을성의 임계점이 넘어가는 소리가 점점 커지며 오하라를 흔들어 댔다. 친절함을 가장한 성추행에 정말이지 진절머리가났다. 오하라는 눈을 치뜨며 앙칼지게 말했다.

"어딜 만져요. 지금 이거 성추행인 거 아시죠?"

교무실의 모든 눈동자가 오하라에게 돌아갔다.

"어머, 이쁜 얼굴로 어쩜 그런 무시무시한 말을 하니? 넘어질 뻔해서 잡아준 건데. 내가 만지고 싶어서 만졌어? 조 선생님도 방금 봤죠? 얘가 뒷걸음질 치다가 뒤로 넘어간 거."

"하여간 요즘, 페미니즘인지 뭔지가 애들 여럿 망친다니깐."

정년이 얼마 남지 않은 수학 선생은 오하라를 보며 혀를 끌끌찼다. 같은 성별이랍시고 태연히 편을 들어주는 태도에 오하라는 걷잡을 수 없는 분노를 느꼈다.

생물은 늘 아슬아슬 교묘하게 오하라를 건드렸다. 주변을 맴돌며 호시탐탐 기회를 노렸고, 기회가 오면 반드시 잡았다. 심증은 가득한데 물증이 없었다. 하필이면 오늘 또 이런 일을 겪다니…… 오장육부가 뒤집힐 지경이었다. 그 여파인지 아랫배에 묵직한 통증이 느껴졌다. 적어도 이 교무실 안에서 학생인 오하라는 철저한 을의 위치였다. 다들 못 본 척하기 위해 가만있던 손을 놀리느라 바빴다. 하는 수 없이 생물을 잡아먹을 듯이 노려보고는 교무실을 나섰다. 문밖에 박원재가 서 있었다. 오하라는 배를 움켜쥐고 성마른 얼굴로 말했다.

"뭐야, 비켜."

"앗, 쏘리. 생물 재수 없는 거 하루 이틀이냐. 너처럼 벼르고 있는 애들이 많아서 곧 날벼락 맞을 거야."

"너도 봤지? 생물이 괜히 오버해서 허리 잡은 거?"

"봤어."

"아악, 열 받아! 내가 언젠가 반드시 저 손모가지를 조지고 만다."

"와. 냉미녀 입에서 이렇게 무시무시한 말이 나올 줄 몰랐네."

"암튼 고마워, 치킨 보이."

덕분에 억울함이 조금 가셨다. 뒤돌아 가려는데 박원재 목덜미의 불그스레한 반점이 눈에 들어왔다. 본능적으로 오하라가 손가락을 갖다 대자 박원재의 낯빛도 목덜미처럼 불그스레 변했다.

"어엇, 뭐야!"

피멍을 보는 순간 오하라의 정신이 다시금 짜릿하게 각성했다. 자신도 모르게 마른침을 삼키며 옷깃을 부여잡았다. 아무리 봐도 이 부위에 멍이 든 게 께름칙했다. 오하라의 날카로운 눈빛에 박원재는 졸지에 멱살을 잡힌 사람처럼 당황한 눈치였다.

"미안하지만 이것 좀 놔줄래."

"누구한테 맞았냐?"

감출 수 없는 당혹감이 물에 떨어진 잉크처럼 번져갔다.

"어? 어. 아니, 그게. 그냥…… 계단에서 넘어진 거야."

말 같지도 않은 변명에 짜증이 난 오하라는 박원재의 옷깃을 낚아채 뒤집었다. 어깨까지 넘실대는 피멍의 흔적이 예사롭지 않았다.

"야, 너 왜 남의 옷은 벗기고 그래!"

"목덜미에 피멍이 날 정도로 넘어졌다면 경추 손상으로 하반신 마비는 돼야지. 다른 애들은 넘어가겠지만 내 눈은 못 속여. 숨기는 이유가 뭐야."

"알바 하는 가게 사장님이 장난을 좀 과하게 치셔서 그래."

"장난? 이게 장난의 흔적이야? 장난 두 번만 쳤다간 목 부러지겠다."

"근데 너 왜 이렇게 흥분하고 그래? 우리가 그렇게 친한 사인 아니잖아."

순간 아차 싶었다. 뱀파이어라서 피에 관련한 문제라면 흥분할 수밖에 없다는 걸 설명할 순 없는 노릇이었다. 그날이다 보니 감정이 자꾸 평소답지 않게 선을 넘으며 펄떡거렸다.

"듣고 보니 그러네."

오하라는 쌀쌀맞게 등을 돌렸다. 하지만 아무래도 안 되겠다 싶었다.

"가만히 있으면 지나갈 것 같지? 웃기지 마. 상처만 더 곪고 터질 뿐이야. 그러니깐 뭐라도 하란 말이야. 가만히 있지 마!"

오하라의 앙칼진 고함에도 박원재는 황당한 얼굴로 서 있기만 했다. 괜찮다며 폭력의 흔적을 감추려는 박원재의 모습이 짜증도 나고 화가 났다. 스트레스는 고스란히 통증으로 오하라를 후벼팠다.

"아얏, 으 진짜…… 지금 남 걱정할 때냐? 내 걱정이나 하자."

뱀파이어가 됐음에도 오하라는 인간처럼 생리통을 겪었다. 비록 피는 안 비쳤지만 빈혈에 복통, 메스꺼움이 한꺼번에 찾아와서 생리통이라는 걸 깨달았다.

인간이었을 때 생리가 시작되면 간절하게 단 게 땅기는 것처럼, 뱀파이어는 더욱 강렬하게 피를 찾았다. 피를 향한 욕구보다 곤혹스러운 건 따로 있었다. 제때 피를 섭취하지 못할 때 일어나는 감당하기 힘든 변화가 그것이었다. 일단 평상시와 다르게 자신도 어떻게 제어하기 힘들 만큼, 매사에 분노가 끓어올랐다. 시간이 지날수록 살기에 가까워지므로 사람이 많은 곳은 특별히 조심해야 했다.

외모 역시 놀이공원 귀신의 집에서 일해도 손색이 없을 정도로 변했다. 모든 변화가 단 몇 시간 만에 벌어질 수 있다는 사실이 끊임없이 불안에 떨게 했다. 폭주해서 짐승처럼 행인을 덮쳤던 지난 기억을 떠올리며 오하라는 몸서리쳤다.

"학교에서 변신하면 큰일이야. 지금 당장은 여길 떠나고 싶진 않아……."

하필이면 혈액 팩이 뚝 떨어진 어제, 퀵서비스로 피를 보내겠다던 조선족 브로커가 불시에 들이닥친 형사들에게 체포되고 말았다. 브로커는 인간의 피가 든 혈액 팩을 한약 포장재나 두유 포장재로 바꿔, 정기적으로 택배로 보냈다. 장기밀매를 알선하는 그에겐 쏠쏠한 용돈 벌이를 보장하는 일이었다. 불법을 자주 일삼던 브로커는 종종 연락 두절이 되는 경우가 있었다. 이번이 벌써 두 번째였다. 괘씸한 브로커 생각에 오하라는 이를 바득바득 갈았다.

인간일 때나 뱀파이어일 때나 생리 때 느끼는 불안함은 여전했다. 혹시 생리혈이 옷에 새지 않을까, 버스에서 짓궂은 남학생들이 비린내 운운하며 수군대진 않을까 하고 말이다. 밑이 빠질 듯 아려 와도 진통제 몇 알에 의지하며 힘겹게 견뎌야 하는 게 인간일 때 생리라면, 이제는 신체와 정신의 변형까지 막아 내야 하는 삼중고에 시달리게 된 것이다.

위기가 찾아온 건 5교시 수학 시간이었다. 배 속 깊은 곳에서 꿈틀하면서 불쾌한 기운이 느껴졌다. 황급히 손을 들고 보건실에 가겠다며 밖으로 빠져나왔다. 오하라는 급한 대로 교정을 어슬렁거리던 비둘기 몇 마리를 잡아서 피를 마셨다. 성에 차진 않지만 이렇게 하면 변화를 조금이나마 늦출 수 있었다. 옷매무새를 고치러 들어간 화장실 거울에 비친 시한부 환자 같은 몰골에 화들짝 놀라고 말았다.

회백색에 가까운 푸석한 피부, 슬쩍 비치는 검푸른 혈관, 퀭한 눈, 긴 가뭄에 말라붙은 땅처럼 건조하게 갈라진 입술까지…… 처참하기 그지없었다. 손과 발을 비롯한 몸은 얼음처럼 찼고, 가만히 있어도 오소소 한기가 돋았다. 늘 바짝 깎아서 단정함을 유지하던 손톱도 뾰족하니 솟아 나왔다. 오하라는 신경질적으로 주머니에서 팩트와 틴트를 꺼냈다. 자신의 병든 기색을 뒤에서 찧고 빻아 댈 아이들을 생각하며 퍼프를 팡팡 두드렸다. 겨우 멀쩡한 기색으로 꾸몄지만, 변신은 시간문제였다. 계단을 오를 때마다 무릎이 휘청휘청 꺾였다. 수업 시간 내내 오하라는 예기치 못할 확률을 셈하며 불안에 떨었다.

저녁 어스름이 땅에 깔릴 무렵에서야 수업이 끝났다. 기진맥진한 몸을 간신히 추슬러 서둘러 뒷골목으로 내달렸다. 인적이 드문 새벽 시간이 안전했지만, 지금은 한시가 급했다. 비둘기 따위는 싸구려 불량식품이나 다름없었다.

"비둘기 피를 빨아서 그런지 비린내 올라오는 게 속이 더 메슥거려."

CCTV가 없는 사각지대를 찾으려 길을 재촉했다. 의지와는 상관없이 걸음은 갈피를 못 잡고 헤맸다. 가로등 불빛이 대낮처럼 거리를 훤히 비췄다. 거리에는 사람들이 너무 많았다. 온 세상이 피 냄새로 진동하고 있었다. 맑은 피, 묽은 피, 탁한 피, 헤모글로빈 수치가 낮은 피, 콜레스테롤이 많은 피 등등. 쏟아지는 피 냄새의 향연에 머리가 아찔했다. 본능을 억제하는 데 초인적인 힘을 쏟아부어야 했다. 채혈 주사기를 든 손이 바들바들 떨렸다. 등이며 겨드랑이며 할 것 없이 식은땀이 쏟아졌다.

"하악, 망할 대자연의 저주 같으니."

위기의 낌새가 느껴졌다. 오하라는 안간힘을 써서 어느 건물 뒤편으로 걸어갔다. 밭은 숨을 몰아쉬며 벽에 기댔다. 뾰족한 송곳니는 굳이 혀로 더듬지 않아도 될 만큼 길어져 있었고, 손톱은 거의 송곳 수준으로 자라나 있었다. 주머니를 더듬어 거울을 꺼냈다. 홍채의 색이 노랗게 바뀌어 있었다. 거울을 들고 있는 가녀린 손가락이 덜덜덜 떨렸다.

"붉은색으로 바뀌기 전에 서둘러야 해."

오하라는 가방에서 검은색 마스크와 캡 모자를 꺼냈다. 뱀파이어가 된 지 50년이 지났는데 아직도 이렇게 자기관리에 허술하다니! 대책도 세우지 않은 무신경한 게으름이 수치스러워 견딜 수가 없었다.

골든 리트리버 한 마리가 쓰레기봉투 뒤에서 부스럭대는 오하라를 발견하고 왕왕 짖었다.

"안 돼, 동동아. 이리 와."

개는 주인의 말을 무시하며 목줄을 끌면서 다가왔다. 침을 뚝뚝 흘리며 거세게 짖었다. 오하라는 주인이 한눈을 파는 사이 담벼락을 훌쩍 뛰어넘어 위기를 모면했다. 외모의 변화가 커질수록 신체 능력도 월등히 향상되었다. 생존하려는 본능의 발동 때문이었다. 지금 오하라의 시력과 청력은 짐승의 것에 가까웠다. 오하라는 먹잇감을 물색하기 위해 자신의 모든 감각을 집중시켰다.

'어, 박원재잖아?'

도로 갓길에 '핫치키치킨' 유니폼을 입은 박원재가 보였다. 오하라는 건물 벽에 바짝 붙어 동태를 살폈다.

"아, 으아아아!"

"너 진짜 한 번만 더 그따위 소리 했다간 내 손에 죽는다."

험상궂은 인상의 남자가 박원재의 목덜미를 움켜잡아 흔들었다. 승모근이 유난히 도드라지는 근육 돼지 체형의 남자에 비해 박원재는 말라비틀어진 나무젓가락 같았다.

"사장님, 제가 나오기 싫어서 안 나온 게 아니라 다쳐서 못 나온 거잖아요. 결근했다고 이십만 원씩이나 공제하시면 전 진짜 뭐 먹고 살아요. 다친 것도 억울한데."

"인마, 너 때문에 가게 손해가 얼마나 막심한 줄 알아? 그리고 네가 계약서에 사인해 놓고 이제 와서 딴소리야!"

남자가 손아귀에 더 힘을 줬는지 박원재의 어깨가 한껏 움츠러들었다.

"아악! 그럼 저 주말에 한 시간에서 두 시간씩 늦게 퇴근한 것, 수당이라도 챙겨 주세요."

"그건 네가 굼벵이처럼 늦게 와서 일이 밀려 그런 건데, 왜 내 탓을 해! 이게 오늘 뭘 잘못 처먹었나? 어디서 따박따박 말대꾸야, 버릇없이!"

"이제 가만히 안 있을 거예요. 저 오늘까지만 일하고 그만둘래요, 사장님."

"허 참, 너 오늘 진짜 이상하다? 자꾸 헛소리나 삑삑 하고. 너 다른 알바 구하려나 본대. 착하게 살려고 마음먹고 장사하는 가여운 자영업자한테 이러면 곤란하지. 이 동네에서 나랑 아무렇지 않게 마주칠 자신 있냐? 어머니 약값도 솔찬히 들어간다면서 뭘 이렇게 따지는 게 많냐?"

남자가 옷깃의 단추를 가슴까지 풀어 헤치자 험악한 용 문신이 드러났다. 박원재의 고개가 점점 땅으로 내려갔다. 억울함의 눈물이 툭 하고 떨어졌다. 오하라는 답답함에 아랫입술을 깨물었다. 남자는 담배를 꺼내 물고는 박원재를 한심하다는 눈빛으로 쳐다봤다.

"괜히 쓸데없는 객기 부리지 말고 배달이나 갔다 와라. 알바 좀 시켜 달라고 애원하던 때는 언제고. 요즘 애들은 진짜 정신

상태가 글러 먹었어."

쏟아지는 갑질 폭격으로 코너에 몰린 박원재는 완전 전의를 상실한 듯 보였다. 치킨을 배달통에 넣고 힘없이 오토바이에 앉았다.

히이이이잉, 히이이잉. 박원재의 마음을 대변하듯 오토바이도 힘겨운 시동 음을 토해 냈다.

"멀쩡한 오토바이까지 저 지경으로 만들고, 하여간 맹추 같은 놈."

오하라는 착잡한 마음으로 박원재와 남자를 번갈아 쳐다봤다.

"지렁이도 밟으면 꿈틀한다더니 갑자기 안 하던 짓을 하지? 무슨 일 있었나, 저 자식."

남자의 말에 오하라는 낮에 교무실에서 있었던 일이 생각났다. 가만히 있지 말라고 충고한 건 오하라였다.

생물에게 꼼짝 못 했던 일도 생각났다. 잠자코 덮어두었던 화가 치밀어 올랐다. 미처 갚지 못한 분노에 오하라의 눈동자가 이글거렸다. 이대로 모른 척 지나칠 수 없었다.

'지긋지긋한 인간들.'

교복은 학생이라는 약자의 상징이었지만 한편으로 오하라에게는 위장하기 좋은 도구였다. 풋풋한 얼굴까지 더해져 그야말로 미끼로는 완벽했다. 대부분의 남자는 구린 속내를 감추고 호의를 가장하며 접근했다. 고등학생 오하라를 먹이사슬 최하위라고 생각한 어리석음의 대가는 참혹했다.

감히 인간, 게다가 여자였을 때는 상상도 못 할 강력한 힘으로 그치들을 물고 자빠뜨리며 오하라는 카타르시스를 느꼈다. 그러나 힘을 과시하는 날들이 늘어날수록 외로움과 죄책감이 어깨를 짓눌렀다. 어떤 존재는 죄의식과 함께 태어난다는 것을 어렴풋이 깨달았다. 무엇을 위해 살아야 하는지 알 수도, 알려주는 이도 없었다. 외로움이 극단에 치달아 자살을 시도한 적도 있었다. 그러나 기어코 끈질기게 살아나고 또 살아났다. 누구와 함께할 수도, 제 손으로 이 지긋지긋한 생을 끊을 수도 없었다.

무기력하게 지내던 어느 날, 인적 드문 생태공원 뚝방길, 피가 빨려 축 늘어진 남자를 숲에 내버려 두고 나온 직후였다. 오하라는 가만히 서서 검디검은 호수를 한참 동안 바라보았다. 사방은 어둑했고 아무도 없었다. 왔던 길로 다시 돌아서는데, 맞은편에서 검은 판초를 입은 남자가 걸어왔다. 경계심에 잔뜩 어깨를 움츠리고 걸었다. 어깨가 스치고 남자가 낮게 읊조렸다.

"식사는 맛있었냐?"

남자의 말이 날카롭게 신경을 건드렸다. 오하라는 우뚝 멈춰 섰다.

"너 뭐야."

"뭐긴 뭐야. 너처럼 뱀파이어지. 왜, 물에 빠지면 죽을 것 같아? 천만에 피부만 퉁퉁 불어서 외출하기만 곤란해진다고. 죽고 싶으면 방법은 딱 한 가지야."

"그게 뭔데."

"널 그렇게 만든 사람, 아니 뱀파이어를 죽이면 돼. 상대방 심장에 칼을 찔러 넣어. 그럼 다 끝나."

"정말이야?"

"너 진짜 햇병아리구나? 아무튼, 그 방법으로 내 친구도 깔끔하고 미련 없이 떠났지. 영원한 불멸을 끝내는 복수. 죽이지 않아?"

끝이 있음을 알게 된 순간 우울증도 사라졌다. 아름답고 장렬한 복수라는 분명한 목표를 위해 살기로 했다. 오하라는 그렇게 고통을 인내하는 법을 받아들였다.

오하라는 주마등처럼 떠오른 기억으로 간신히 폭주하는 이성을 자제했다.

'하마터면 오랜만에 사람을 죽일 뻔했어. 저 새끼가 개새끼더라도 참자. 참아야 해.'

오하라는 모자를 깊게 눌러썼다. 남자가 마지막 담배 한 모금을 빨아들이던 찰나였다.

"아저씨, 제가 힘이 달려서 그러는데 잠깐만 이거 드는 것 좀 도와주시겠어요?"

오하라가 아름다운 두 눈을 깜빡이며 남자의 소매를 잡아당겼다.

"응? 뭔데, 예쁜 학생? 힘이라면 내가 좀 쓰는데."

남자는 자연스럽게 오하라의 어깨에 손을 올리며 으스댔다. 오하라는 역겨움으로 가슴이 끓어오르는 걸 참고 남자를 바로 옆 으슥한 담벼락으로 유인했다.

"짐이 어디 있어?"

오하라는 어리석게 고개를 뺀 남자의 목을 답삭 물어뜯었다.

"으악, 뭐야! 이거 안 놔!"

오하라는 초인적인 스피드로 노련하게 발버둥 치는 남자의 배에 주먹을 찔렀다. 오하라의 두 배는 거뜬하게 넘는 덩치였지만, 피 냄새에 각성한 괴력 앞에서는 맥을 못 췄다. 남자의 뜨끈한 피가 꿀렁꿀렁 식도로 넘어왔다. 한껏 허기져 있던 오하라는 탐욕스럽게 피를 빨았다. 포만감이 차고도 넘치도록 거침없이 들이켰다. 남자의 목 가죽이 헐렁헐렁하게 느껴질 때쯤에서야 오하라는 흡혈을 멈췄다.

"어리다고 우습게 보지 마. 큰코다치는 정도가 아니라 죽을 수도 있으니."

제 기력을 회복한 오하라는 원래의 차분한 외모로 완벽하게 돌아왔다. 죽기 직전까지 피를 빨아서 남자는 아주 오랜 잠이 들었다가 깨어날 것이다. 입가에 묻은 피를 손등으로 쓱 닦았다. 오하라는 미연의 상태를 방지하고자 남자를 번쩍 어깨에 둘러

멨다. 담벼락과 난간을 넘나들며 적당한 장소를 물색했다. 좀 전에 분리수거 차량이 왔다 갔는지 말끔하게 비워진 재활용쓰레기통이 보였다. 오하라는 조심스레 남자의 하체를 쓰레기통에 구겨 넣었다.

"쓰레기는 쓰레기통에. 부디 정신 차려 재활용이 되길."

다시 돌아오자 박원재 홀로 가게에 있었다. 사장이 없는데도 두 손을 공손히 모으고 서 있는 게 폭력에 길든 지난날을 짐작게 했다. 오하라는 박원재의 연약함이 마치 제 것인 양 견딜 수 없었다.

"야, 박원재. 이리 나와."

박원재는 눈앞에 있는 오하라를 벙찐 얼굴로 쳐다보았다.

"치킨 포장하려고 왔니?"

"이 집 치킨 전에 먹었는데 드럽게 맛없었어. 아까 그러는데 사장이 폐업할 거래."

"그, 그게 무슨 소리야. 조금 전에 사장님이랑 있었는데 그런 말씀 안 하시던데……."

"내 말이 맞다니깐!"

오하라는 주머니에 손을 집어넣었다. 조금 전 피를 뺀 남자의 지갑에는 오만 원짜리부터 수표까지 가득 차 있었다. 추적이 될 만한 수표를 뺀 나머지를 몽땅 꺼냈다.

"이건 퇴직금이랑 그간 안 챙겨 줬던 야근 수당이야. 원래 네가 받아야 할 돈이니깐 사양 말고 넣어. 만에 하나 널 다치게 하면 내가 가만 안 둘 거야. 노동청에 신고도 할 거니깐 다른 알바 구해. 어머니께 비타민제도 사 드리고."

박원재는 떨떠름한 얼굴을 하면서도 돈뭉치를 기쁘게 받아 챙겼다.

"이제 네가 내 복수하러 같이 가 줘야겠어."

오하라는 박원재의 손을 잡아서 오토바이 뒷좌석에 앉히고 헬멧을 건넸다.

"냉미녀, 오토바이도 탈 줄 알아?"

"우습지. 이건."

십여 년 전 퀵서비스 최우수 배달 맨으로 삼 년 연속 선정됐던 오하라였다. 삼중 추돌사고에 오토바이가 납작하게 찌그러졌으나, 툭툭 털고 일어나 물품을 배달한 건 아직까지 퀵서비스 계에 전설로 회자되었다. 영업소 소장은 오하라를 백 년에 한 번 나올까 말까 한 배달 인재라고 치켜세웠다. 시동을 걸고 핸들을 꽉 움켜잡았다. 속도를 점점 올리자 박원재는 슬그머니 오하라의 허리를 그러쥐었다. 오하라가 슬쩍 고개를 돌려 보자 박원재는 반대편으로 얼굴을 돌리며 시선을 피했다. 오랜만에 느끼는 스피드에 심장이 두근거렸다. 오하라는 목적지를 향해 속도를 올렸다.

"여긴 어디야?"

으슥한 주택가에 이르러서야, 오하라가 오토바이를 세웠다. 가운데 차도를 두고 바로 옆에는 초등학교가 있었다. 초등학교 담장 옆으로 드문드문 차들이 주차되어 있었다.

"여기서 움직이지 마. 저거 보이지? 여기까지가 CCTV 안전지대니깐. 서울 가 5, 3287. 생물 차 지정 주차 자리야. 자, 헬멧도 썼겠다. 지금부터 생물의 차를 신나게 부술 거야. 넌 망이나 보고 있어."

"너 미쳤어? 갑자기 왜 그래?"

"복수는 제정신으로 하면 죽었다 깨어나도 못 해. 생각 같은 건 개나 주라지. 그리고 난 정말 참을 만큼 참았어. 생물뿐만 아니라 그 어떤 선생도 도와줄 생각을 안 하잖아. 다 끼리끼리 한통속이라고. 그러니 우리 철저한 을들은 스스로 지키는 수밖에."

"그렇다고 함부로 차를 망가트리면 어떡해!"

"그럼 내 상처받은 영혼은 누가 책임질 건데? 고작 차 좀 망가진 거랑 영혼이 망가진 거랑 비교가 돼?"

박원재는 아무 대꾸도 할 수 없었다. 피해자가 느낀 억울함, 분노, 슬픔…… 박원재도 느꼈던 감정이었다. 돈으로도 사과로도 쉽게 가라앉지 않을 상처였다. 박원재는 결단을 내린 오하라를 걱정하면서도 부러운 듯이 바라봤다.

"그러니깐 망이나 잘 봐. 나 잡히면 너도 도망 못 가는 거 알지?"

오하라의 뒷모습을 바라보며 박원재가 작게 중얼거렸다.

"아무리 그래도 여자 힘으로 저 차를 어떻게 부순다는 거야. 뭘 잘못 먹었나……."

오하라는 근처 전봇대에 기대어져 있던 쇠파이프를 손에 들었다. 혹시나 해서 인근 공사장에서 미리 꿍쳐 놓은 것이었다. 벼르기만 하던 그날이 이렇게 올 줄이야. 오하라는 차를 향해 비장하게 걸어갔다. 36개월 할부도 안 끝난 차였다. 생물이 얼마나 애지중지 여기는지도 잘 알고 있었다. 이건 1차 경고였다. 다음번엔 차가 아니라 생물 당신이다. 법의 심판이든, 피의 심판이든 끝장을 보여 줄 것이다.

공공연한 성추행에 쐐기를 박을 쇠파이프를 높이 치켜들었다. 가로등 불빛이 쇠에 비치면서 노란 광이 번쩍거렸다. 백미러에서 유리창 할 것 없이 쇠파이프로 내리쳤다. 빡, 쟁그랑, 파각하는 소리와 함께 차는 빠르게 제 형태를 잃어 갔다. 몇 번 두들기지도 않았는데 오하라의 괴력에 차체는 구겨진 깡통처럼 볼품없이 찌그러졌다. 요란한 경보음이 고요한 밤하늘에 울려 퍼졌다. 빌라 불빛이 하나둘씩 켜졌고, 대각선 방향의 3층 창문이 거칠게 열렸다. 생물이었다.

"이 미친 새끼야, 너 누구야! 너 잡히기만 하면 가만 안 둬!"

"얼른 튀어!"

오하라는 쇠파이프를 던지고 미끄러지듯이 달려와 오토바이에 올라탔다. 아뿔싸, 얼마 전 있었던 접촉사고의 여파인지 오토바이가 마음처럼 가 주질 않았다. 노인 목에서 끓는 가래처럼 시동이 맥없이 꺼졌다. 초조한 마음으로 재차 열쇠를 돌렸지만 마찬가지였다.

"에이씨, 여기서 퍼지면 안 되는데!"

생물이 귀신같은 얼굴로 계단을 헐떡이며 내려오고 있었다. 이대로라면 현행범으로 잡혀서 둘 다 중졸로 살아야 할지도 모른다. 불쌍한 박원재는 어떡하지……. 오하라의 얼굴이 사색이 되어 갔다.

빠악!

박원재의 발길질 한 방이 다 죽어가는 오토바이에 숨을 불어넣었다. 오토바이는 성난 황소처럼 우렁찬 시동과 함께 앞으로 치고 나갔다. 금이 간 백미러로 생물의 얼굴이 비쳤다. 머리끝까지 화가 뻗쳐서 삿대질 중인 생물은 이내 개미처럼 조그맣게 보였다. 통쾌한 복수의 바람이 오하라의 가슴에 불어 왔다.

"너 힘 졸라 쎄더라. 나 완전 감동 먹었어."

박원재가 실실거리며 외쳤다. 등을 타고 전해진 기쁨이 오하라의 마음도 밝게 물들였다. 오늘 하루 있었던 구질구질함을 전부 보상받는 기분이었다. 여태껏 자신만을 위해 살아왔는데, 때로는 남을 도와주는 것도 꽤 짜릿한 일이라는 생각이 들었다.

"봤지? 여자의 그날을 잘못 건드렸다간 무슨 일이 생기는지!"

피도 실컷 먹었겠다, 벼르고 있던 생물에게 복수도 했겠다, 묵직한 통증도 씻은 듯이 사라져 더는 아프지 않았다. 이런 기분이라면 오래오래 살아 봐도 괜찮겠다는 생각이 들었다. 오하라는 치킨 보이를 뒤에 태운 채 불어오는 바람을 만끽했다.

토끼 가족

*

불타는 금요일이다. 계획대로라면 찬미가 좋아하는 파스타 집에서 저녁을 먹고 찬미가 보고 싶다던 영화를 보며 데이트를 할 것이다. 마지막으로 깜짝 선물도 준비했다. 뜨뜻미지근한 사랑의 불씨를 살리고자 용돈을 탈탈 털었다. 이로써 찬미는 내가 얼마나 다정하고 섬세한 남친인지 깨달을 것이다. 어쩌면 화해의 키스를 할지도 모른다. 불과 십 분 전까지 그런 달콤한 상상에 행복했다. 그런데.

"우리 헤어지자."

찬미 입에서 다짜고짜 이별 선언이 튀어나왔다. 근래 들어 우리 사이가 아무리 김 빠진 콜라 같았어도 그렇지. 당황한 나와 달리 덤덤하기 짝이 없는 찬미 얼굴에 어이가 없었다.

"갑자기?"

"갑자기 아니야. 생각한 지 꽤 됐어."

심드렁하게 내뱉은 두 번째 말에 뒷골이 확 당겼다. 단숨에

열이 훅 올라오는 게, 머리에서 김이 나는 것 같았다.

"이유나 알자. 대체 왜 그런 건지."

찬미가 미간에 주름을 잡은 채 입을 오물거렸다.

"우린 서로 안 맞아."

우린 186일째 사귀는 중이었다. 내 이름을 '소울메이트 내 편
♥'이라고 휴대폰에 저장한 게 누군데…… 성격 안 맞는다는 평
계를 나보고 믿으라고?

"서로 속이는 게 있으면 어떻게 믿음이 가겠어. 너랑 있으면
나까지 덩달아 불안해."

난데없이 차가운 물벼락을 맞은 기분이었다. 올 것이 왔구나
싶었다. 등줄기에서 식은땀이 났다.

"암튼 앞으로 연락하지 마."

그렇게 찬미는 떠났다. 이별의 순간을 예상한 적은 있었지만,
막상 당하니 뒤통수가 얼얼할 지경이었다. 우울한 기분으로 밤
거리를 헤매다 집에 돌아왔다.

한참 늦은 시각, 도어락 소리와 함께 엄마가 갈지자로 비틀대
면서 방문을 열었다.

"우리 아드님. 아직 안 자고 공부하고 있었네."

오늘도 회식이었는지 향수 냄새에 들척지근한 술 냄새가 섞
여 있었다. 헝클어진 머리카락에 화장도 지워져서 초췌해 보였
다. 엄마가 와락 껴안으며 볼을 비볐다.

"엄마는 너 때문에 사는 거 알지?"

목구멍까지 차오른 말을 꿀꺽 삼켰지만, 찬미가 했던 말이 자꾸 마음에 걸렸다. 아무리 생각해도 속였다고 짐작할 만한 건 아빠에 관한 사실밖엔 없었다. 지난 2년간의 불안의 근원은 그뿐이었다. 두근거리는 가슴을 억누르고 입을 뗐다.

"엄마, 아빠는 언제 와? 최근에 연락 안 왔어?"

풀려 있던 엄마의 두 눈이 휘둥그레졌다.

"어, 아빠 잘 있지. 일이 바빠서 나랑도 통화 잘 못 해."

"근데 왜 난 한 번도 안 바꿔 줘?"

"새삼스레 왜 그래. 시차 때문에, 너 학교 있을 때라 못 바꿔 주잖아. 피곤하네. 내일도 출근인데 얼른 씻고 자야겠어."

엄마는 연기에 서툰 사람이다. 좌우로 흔들리는 동공, 옷매무시를 가다듬는 떨리는 손이 그걸 증명했다. 엄마는 정말 내가 모른다고 생각하는 걸까, 나는 언제까지 모른 척 거짓으로 꾸며야 하는 걸까.

2년 전, 아빠가 사라졌다. 일 때문에 급히 해외로 간다며 집을 떠났다. 엄마는 우아하고 자존심이 강한 사람이었다. 상처로 남을 법도 한 아빠의 무책임한 태도에도 엄마는 지극히 침착했다. 아빠의 사업에 심각한 문제가 생긴 게 분명했다.

졸지에 생계를 떠맡은 엄마는 예전 직장에 다시 출근했다. 쓸데없는 뒷말이 돌 것을 염려해서인지 모임도 꺼리며 사람들을 피했다. 아빠는 혼자 어디로 간 건지, 우리 집이 완전히 망한 건지 온갖 질문들로 머리가 터져 나갈 지경이었다. 하지만 내가 조금이라도 물고 늘어지면 엄마는 귀신같이 알아채고 미꾸라지처럼 대답을 회피했다. 내가 할 수 있는 건 아빠 생각을 곱씹지 않는 것뿐이었다. 그편이 갑작스레 들이닥친 불안을 가라앉히는 유일한 방법이었다.

찬미에게도 해외에 있는 아빠가 정확히 언제 올지 모른다고 얼버무렸다. 정말 몰라서 한 말이지 맹세코 거짓말은 아니었다. 하지만 시간이 지날수록 믿음은 희석되고 의심의 근거들이 보이기 시작했다.

몇 달에 한 번씩 오는 발신자 불명의 상표도 없는 꿀 한 통, 내가 있을 때면 목소리를 최대한 죽인 엄마의 통화 등이 그것이었다. 가장 결정적인 건 최근에 옷장 위에 처박아 둔 여행 가방 안 주머니에서 발견한 아빠의 여권이었다. 분명 아빠는 한국에 있었다. 언제쯤 물어볼지 타이밍을 노리던 찰나, 찬미한테 차인 것이다. 마음이 복잡했다.

불을 끄고 누워 침대 옆 서랍을 더듬었다. 뒷장에 '삼봉 계곡에서'라고 쓰인 사진을 꺼냈다. 아빠랑 둘이 계곡 낚시 갔을 때 찍은 사진이었다. 해맑게 웃는 아빠를 보자 울컥하고 뜨거운 게 치밀었다. 어디서 뭘 하며 살고 있는지, 하나뿐인 아들이 궁금하지도 않은지, 그리움은 점차 원망으로 바뀌었다. 찬미에게 차이고 붙잡을 용기조차 못 낸 것까지 아빠 탓만 같았다. 비겁하지만 그렇게 생각하는 게 위로가 되었다. 사진을 깊숙이 처박아놓고 신경질적으로 서랍을 닫았다. 최악의 금요일이었다.

'토요일 열한 시 우돈가 샤브. 엄카로 배 터지게 먹자. 넌 빈손으로 부담 없이 와서 즐겨!'

돌아오는 토요일은 준기의 18번째 생일이었다. 잘사는 집 자식답게 생파 장소도 비싼 곳이었다. 준기는 넉넉지 못한 우리집 형편을 잘 알고 있다. 일부러 빈손으로 오라는 센스까지. 준기는 진정한 나의 베프다. 그 배려도 잠시, 찬미와 헤어진 사실을 준기에게 알려야 하느냐 하는 내적 갈등에 휩싸였다. 준기는 찬미와 사귀는 걸 극구 반대했다. 찬미가 날 뻥 차 버린 걸 알면 준기가 길길이 날뛸 게 불 보듯 뻔했다.

얌체에다 이기적인 찬미를 준기가 참는 이유는 순전히 그룹과외 때문이었다. 찬미는 성적이 좋은 편이라 SKY대학 진학을 목표로 했다. 찬미네 엄마는 실시간으로 바뀌는 요강을 줄줄 꿰고 있을 만큼 입시정보에 빠삭했다. 과외의 질만 좋다면야 아무렇지 않게 월 백 단위의 고액 과외도 할 만큼 재력도 갖춘 집이었다. 이번에 찬미네 엄마가 꾸린 과외 팀 역시 소문이 자자했고, 들어가겠다는 애들이 줄을 섰다. 그 치열한 경쟁을 준기네 엄마가 뚫는 영광을 차지했다. 준기는 싫다고 투덜거렸지만 엄마의 등쌀에 못 이겨 합류할 수밖에 없었다. 그런 사정을 잘 아는 나로서는 입을 열기가 조심스러웠다.

요 며칠 내내 학교에서 찬미와 마주치지 않으려고 기를 썼는데 점점 한계에 부딪힌다. 시간이 약이라는 말은 아주 멀게만 느껴졌다. 바람 빠진 풍선처럼 자꾸만 쪼그라드는 마음은 대체 언제쯤 추슬러질는지. 애가 타다 못해 짜증이 났다.

점심을 먹고 서관 4층 체육실로 향했다. 교실 두 개를 합친 작은 크기의 체육실은 주로 방과 후 탁구 교실 용도로 썼는데 깊숙한 곳에 자리한 탓에 모르는 애들이 많았다. 복도로는 창문이 없고, 반대편에 난 창문으로 보이는 풍경이 꽤 근사해서 혼자 있고 싶을 때 찾는 곳이었다. 살짝 열린 문 안에서 소리가 들렸다. 손을 멈추고 문 가까이 귀를 댔다.

"이런 은밀한 곳은 어떻게 알았어, 울 자기?"

"뷰가 끝내 주지? 가끔 머리 비울 때 오는 내 비밀 장소. 우리 여보랑 온 건 처음이네?"

이럴 수가. 익숙한 목소리는 찬미였다. 나랑 연애질하던 아지트에서 새 남친과 놀아나다니. 눈알이 뒤집혔다. 어렵사리 참고 있던 마음이 펑 터지기 일보 직전이 되었다. 하지만 불현듯 떠오른 우리가 이미 헤어졌다는 사실이 쳐들어가려던 발걸음을 가로막았다. 깽판을 놓으면 속은 시원할지언정, 스토커로 낙인

찍혀 학교에서 매장되는 건 시간문제였다. 사귀는 줄곧 제 불안에 못 이겨 여친에게도 불안을 감염시키고, 끝나고도 질질 매달리는 지지리도 못난 놈으로 남고 싶지는 않았다. 하마터면 마비된 이성 때문에 위험한 결과를 초래할 뻔했다. 나는 한숨을 쉬며 쓸쓸히 돌아섰다.

집에 오니 엄마에게 택배가 와 있었다. 발신인은 '구용수', 아빠 친구였다. 강원도에서 홀로 사는 소설가 아저씨다. 뜯어 볼까 하다가 안방 화장대 위에 두고 나왔다. 무기력함이 호기심을 이겼다. 침대에 쓰러지다시피 드러누웠다. 피곤해서 파김치인데도 눈은 말똥말똥했다. 잠이 오지 않아서 한참을 뒤치락거렸다. 얼마나 지났을까. 감은 눈꺼풀 위로 한 줄기 빛이 스몄다. 내가 자는 걸 확인한 엄마는 조용히 안방으로 들어갔다. 잠에서 깬 김에 화장실이나 갈까 하고 문 앞에 섰을 때였다.

"네, 택배 잘 받았어요. 새로 쓰신 책도 보내주시고 감사합니다. 그이는 잘 있죠?"

그이라면 아빠를 말하는 것이 아닐까? 나는 문 뒤에 기댄 채 온 신경을 귀에 집중시켰다.

"늘 도움만 받고 송구스럽네요. 언제 한번 월차 내서 찾아뵐 게요."

심장이 고동쳤다. 날카로운 도끼가 얼어붙어 있던 아빠의 기억을 사정없이 깨부쉈다. 가슴이 시큰거렸다. 치밀어오르는 분노를 안간힘을 다해 눌렀다. 밀려오는 배신감에 잠을 이룰 수 없었다.

다음 날, 토요일인데도 엄마는 일찌감치 출근했는지 없었다. 옷을 주섬주섬 꿰어 입고 나갈 채비를 했다. 서랍에서 아빠와 함께 찍은 사진을 꺼내 주머니에 넣었다. 안방 쓰레기통을 뒤적이자, 어제 온 택배에 붙어 있던 송장 스티커가 구겨진 채 들어 있었다. 주름을 펴서 발신 주소를 휴대폰 카메라로 찍었다. 범죄를 저지르는 것도 아닌데 심장이 두근거렸다.

서둘러 약속장소로 향했다. 나를 본 준기가 반갑게 손을 흔들며 옆자리로 앉혔다. 남자애들만 부른 자리라서 후줄근한 옷차림과 떡진 머리가 딱히 부끄럽지 않았다. 맞은편엔 전교 내신 탑인 임세혁이 앉아 있었다. 멀리서만 봐서 몰랐는데 가까이서 보니 용모까지 수려했다.

"세혁이는 나랑 같이 과외하면서 친해졌어. 둘이 인사해."

"얘기 많이 들었어, 반갑다."

내 얘기를? 임세혁이 왜? 가만 그러고 보니 저 목소리 어디서 들은 것 같은데…….

"어머, 방규상?"

느닷없이 찬미가 나타났다.

내가 답할 새도 없이 준기가 톡 쏘아붙였다.

"너 부른 적 없는데 여기는 왜 왔냐, 최찬미?"

찬미는 너그러운 미소를 머금은 채 대꾸했다.

"뭐래. 가족끼리 점심 먹으러 왔거든? 내 남친한테 아는 체하는데 무슨 상관?"

찬미가 임세혁의 목을 부드럽게 휘감았다. 준기는 화들짝 놀라 나를 쳐다봤다. 당황스럽고 창피했다. 아무 생각도, 아무 말도 할 수 없었다.

"미친, 너 규상이랑 사귀는 거 아니었어?"

준기를 비롯한 애들의 눈빛이 화살처럼 날아들었다. 머릿속에서 가느다랗게 버티고 있던 끈이 툭 끊어졌다. 찬미의 손목을 부리나케 낚아채서 뛰쳐나갔다.

"아오, 이것 좀 놔! 아프잖아."

"너 지금 이게 뭐 하는 짓이야!"

"어차피 이렇게 된 거 그냥 다 말할게. 세혁이랑 사귄 지 두 달 됐어."

"나 만나면서 양다리 걸친 거야? 뻔뻔하게 날 속여?"

찬미의 눈빛이 날카롭게 번득였다.

"웃기지 마. 애초에 네가 나한테 요만큼이라도 믿음을 줬으면 내가 이랬을 것 같아? 넌 늘 확실히 말하는 법이 없었어. 좋으면 좋다, 싫으면 싫다, 기다 아니다. 그게 그렇게 어렵냐? 너 내가 헤어지자고 말할 때도 나 한 번이라도 붙잡았어?"

그러고 보니 난 이유만 따져 물었다. 크게 화를 내지도 애원을 하지도 않았다.

"아니, 나는 그냥…… 그러니깐……."

"너는 다 내 탓으로 돌리고 싶겠지. 하지만 천만에, 우리 관계를 망친 건 바로 너야! 난 힘들면 힘들다, 싫으면 싫다, 고민이 있으면 같이 고민해 보자 말하는 솔직한 사람이 좋아."

알량한 자존심 때문이었을까? 경제적으로 부유하고 가정도 화목한 찬미 앞에서 초라해지는 내 모습을 견딜 수 없었다. 함께 있을 때도 자꾸만 마음이 까닭 없이 가라앉았다. 자신감이 없어서인지 이별의 순간을 미리 떠올리고 혼자 괴로워한 적도 많았다. 가만히 있으면 나아질 줄 알았다. 지금 생각해 보면 내가 찬미를 좋아하긴 했는지도 잘 모르겠다. 열린 붙박이장처럼 입을 벌린 채 짧게나마 지난 연애를 복기했다. 아무래도 내가 망쳐 버린 게 맞는 듯했다. 말을 꺼낼수록 변명만 될 뿐이다. 괜히 찬미 손을 잡아끌고 나왔다 싶었지만, 후회해도 소용없었다. 그렇다고 다시 식당 안으로 들어가기도 싫었다. 바로 앞에는 구여친의 잘난 현 남친이, 옆에는 서운함에 마뜩잖은 얼굴을 할 준기가 있다. 이럴 때 하는 말이 궁지에 몰렸다는 거겠지. 도망쳐야 했다. 나는 찬미를 등지고 돌아섰다.

"끝까지 비겁한 자식! 넌 늘 도망치기만 하지."

그래, 난 원래 그런 놈이다. 나의 두 발은 바람을 가로지르며 힘껏 달렸다. 축축하게 배어 있던 식은땀이 바람결에 마르자 한

기가 품속을 파고들었다. 뜨거웠던 머리가 조금씩 냉정함을 되찾았다. 문득 생각이 스쳤다.

'삼봉 계곡!'

강원도 구암산 자락에 있는 삼봉 계곡은 아빠의 소설가 친구의 집에서 머지않을 것이다. 틀림없이 그 언저리에 아빠도 살고 있을 거라는 확신이 들었다. 지도 앱을 켜고 목적지에 아까 찍어 두었던 주소지를 넣었다. 시외버스를 타고 두 시간 반, 그리고 터미널에서 한 시간쯤 버스로 더 가면 도착했다. 엄마가 비상금으로 항상 십만 원씩 넣어 두는 체크카드로 경비를 하면 충분했다. 아빠가 있든 없든 바람 쐬러 갔다 치면 되니 밑져야 본전이었다.

아빠는 도시를 떠나 자연으로 돌아간 사람들이 나오는 프로그램인 〈청산에 살어리랏다〉를 즐겨 봤다. 찌든 일상을 대리만족시켜 줄 유일한 창구였을 것이다. 대기업을 나와 사업을 시작하면서 아빠는 밤낮없이 일했고 그 덕에 밤늦게 귀가할 때가 많았다. 주말도 예외 없이 일하느라 좋아하던 낚시도 접어야 했다. 아빠가 첩첩 산골에 들어가 사는 게 그리 놀랄 일은 아니었다.

전화할 엄두가 나지 않아서 문자를 보내기로 했다. '방지관 씨 아들인데 지금 아빠를 만나러 아저씨네 가는 중입니다'라고 썼다. 뭔가 아쉬웠다. 절박한 느낌이 들어서 거부할 수 없도록 '오늘 못 만나면 저에게는 앞으로 기회가 없을지도 모릅니다'라고 약간의 뻥을 덧붙였다.

날 속여 온 아빠에 대한 배신감 때문인지 허기 때문인지 가는
내내 배가 부글거렸다. 괘씸한 아빠에게 어떻게 벌을 줄까 생각
하다 어느새 까무룩 잠이 들었다. 버스가 도착하고 기지개를 켰
다. 아저씨에게서 문자가 와 있었다.

오랜만이구나, 이름이 규상이었나? 지금 어디쯤이니? 터미널에 도착하면
전화 주렴.

번거롭게 버스를 갈아탈 필요도 없게 되어서 쾌재를 불렀다.
터미널에서 아저씨를 기다렸다. 일이 일사천리로 풀리는 듯해
서 좋으면서도 어리둥절했다. 아저씨는 날 보자마자 난처함과
반가움이 동시에 깃든 애매한 미소를 지었다. 이미 들킨 마당이
라고 생각한 건지 아빠가 여기 있다는 사실을 부정하진 않았다.
아빠가 사는 곳은 터미널에서 두 시간은 넘게 가야 하는 산속이
라고 했다. 휴대폰도 잘 안 터진다는 말에 온 게 살짝 후회됐지
만, 아저씨에게는 덤덤하게 상관없다고 능쳤다.

"엄마도 아시니? 너 여기 온 거?"

가슴이 뜨끔했다. 나는 말없이 고개를 끄덕이는 것으로 위기
를 넘겼다. 차 안에는 묵직한 밀도의 침묵이 감돌았다. 궁금한
게 많지만 난감한 질문으로 아저씨를 괴롭힐 생각은 없었다. 당

돌한 문자임에도 여기까지 한달음에 와 주신 것만으로도 감사했다. 난 아무 말 없이 창밖만 바라봤다.

드디어 구암산 입구에 들어섰다. 한쪽은 커다란 바위 언덕이, 반대편은 압도적 크기의 초록빛 나무들이 빽빽하게 들어서 거대한 덩어리를 이루었다. 장엄한 능선이 꼭 거인이 모로 누운 것처럼 보였다. 생경한 풍경에 새삼 낯선 곳에 왔다는 게 실감 났다.

"아빠가 제 입으로 실토하겠지만 다 사정이 있었단다. 너무 원망하진 말아라."

뾰족한 손톱으로 위벽을 긁는 것처럼 거슬리는 말이었다. 그래서 아저씨도 입 싹 닫고 안 알려준 거냐며 치받고 싶은 마음이 굴뚝이었지만, 묵묵히 다독였다.

"어떻게 이런 오지에서 살 생각을 다 하셨을까요? 줄곧 회사만 다녔으면서."

나도 모르게 은근히 비아냥대는 어조가 심술처럼 튀어나왔다. 비포장길로 들어서자 엉덩이가 팡팡 튀어 올랐다. 갈수록 속이 울렁거렸다. 안 되겠다 싶어서 창문을 내리고 숨을 깊이 들이마셨다.

감탄사가 터져 나올 만큼 산은 아름다웠다. 도시에선 보기 힘든 울창한 산림이었다. 우거진 나뭇잎 사이로 쏟아지는 햇살이 바닥에 잔무늬를 만들었다. 이슬을 함빡 머금은 싱그러운 공기

가 콧구멍을 간지럽혔다. 투명한 계곡물은 졸졸 소리를 내며 고
즈넉한 침묵을 깨웠다.

오래전 쓰였을 법한 녹슨 전신주를 지나자, 낮은 지붕의 컨테
이너 집 한 채가 나왔다. 뒤편의 비닐하우스와 마루까지 늘어선
잡다한 살림살이가 궁상맞아 보였다. 차에서 내린 아저씨가 목
청을 돋우며 아빠를 찾았다.

"여, 방지관! 안에 있으면 나와 봐라. 멀리서 손님 오셨다!"

안에서 인기척이 들렸다. 수염을 덥수룩하게 기른 아빠가 입
이 찢어지게 하품을 하며 등장했다. 내 모습을 본 아빠는 하품
이 끝난 입을 다물 줄 몰랐다. 눈은 동그랗게 뜨고 몸은 뻣뻣하
게 굳은 채로 나를 바라봤다. 나 역시 오류가 난 로봇처럼 무슨
말을 해야 할지 감을 잡을 수 없었다. 호흡은 불규칙하게 씩씩
거렸고, 맥박은 걷잡을 수 없이 빠르게 뛰었다. 머리가 핑 도는
것 같았다.

"규, 규상아!"

내 이름을 부르는 목소리에 펄펄 끓던 뇌가 차갑게 얼어붙었
다. 뻔뻔한 아빠의 태도에 피가 싸늘히 식는 것 같았다. 그대로
성큼성큼 걸어가서 밋밋한 가슴팍에 사정없이 주먹을 꽂았다.
뒤로 주춤거리는 아빠에게 연거푸 주먹질을 쏟아 냈다. 아빠는
피하지 않았다.

"미안하다! 아빠가 다 설명하마."

질끈 깨문 아랫입술에서 비릿한 피 맛이 느껴졌다. 2년 동안 일언반구도 없다가 이제 와서 설명한다고? 아빠의 말이 도화선에 불을 댕겼다. 머릿속 폭죽이 한꺼번에 터지듯 분노의 해일이 몰려왔다.

"뭐야! 겨우 이따위로 살려고 도망갔어? 엄마 아빠 둘이서 자식새끼 하나 바보 만드니깐 좋아? 좋냐고!"

봇물 터지듯 울분이 밀려왔다. 또박또박 더 크게 욕하고 싶은데 어느 순간 숨이 꺽꺽 넘어갔다. 아빠의 얼굴은 거뭇하게 야위어 있었다. 손은 또 어찌나 거친지. 그 까칠한 손으로 내 얼굴을 쓸고 어깨를 토닥이는데 걷잡을 수 없이 서러움이 터져 나왔다. 눈물과 콧물로 얼굴에 홍수가 났다. 아빠를 응징하려던 계획은 완전히 실패로 돌아갔다.

폭풍 같은 시간이 지나고 산중에는 다시 적막이 흘렀다. 아저씨는 오랜만의 부자 상봉을 위해 알아서 자리를 피해 주었다. 아빠는 이쪽, 나는 저쪽 마루에 걸터앉은 채 데면데면하게 대화를 이어 갔다.

"엄마는 잘 있니? 어쩌다가 너 혼자 왔어?"

여친한테 차이는 바람에 도망치듯 오게 되었다는 말은 죽어도 할 수 없었다.

"내가 지금 그 얘기 하자고 여기까지 달려온 줄 알아?"

아빠는 미간을 찌푸리면서 이마에 손을 짚었다.

"그 당시 사업에 문제가 생겼다. 함께 동업하던 친구가 배신하고 도망가는 바람에…… 하청업체들에 밀린 돈 주고 정리하니깐 빈털터리가 됐지. 혼자 뛰어다니며 수습하다가 몸에 이상 신호가 와서 병원에 가 보니깐 대장암이라고 하더구나."

덤덤한 말투지만 여러 감정이 묻어나 있었다. 힘들었던 지난 2년의 시간을 반추하는 아빠의 모습은 이상하게도 홀가분해 보였다. 아빠가 암이었다니…… 몰아치는 생각들에 머리가 멍했다.

"연이은 충격이었지. 도저히 이미 힘든 네 엄마나 너한테 암이라고 말할 수가 없었어. 일단 나부터 돌아보고 정신이 돌아오면 그때 다 털어놓자 마음먹었다. 마지막 지푸라기라도 잡는 심정으로 이 친구한테 연락했어. 한동안 신세 좀 졌지. 천만다행히 초기 암이었어. 처음 암에 걸린 사람은 국가에서 어느 정도 의료비 지원이 돼. 수술하고 치료받으면서 지금은 보다시피 많이 좋아졌어. 그 후엔 여기를 소개받았고. 예전에 화전민이 살았던 집이라 조금만 수리했어. 허름해 보여도 그럭저럭 나쁘지 않고. 나 같은 암 환자에게는 그야말로 쉼터 같은 곳이지."

"엄마하고는 언제부터 연락한 건데?"

"실은 내가 나중에 연락했어. 양해를 구했지, 용서해 달라고. 몸도 마음도 상처를 입었고, 인생의 안식년을 가지면서 회복하고 싶다고 했어. 무책임한 가장이라고 욕을 먹어도 싸고, 이혼하자고 해도 할 말이 없다고 말했어. 너희 엄만 좋은 가정에서 곱게 자란 사람이라 고생시키고 싶지 않았거든. 필요하면 이혼서류 보내라고 했는데, 고맙게도 지금껏 별다른 말은 없었어. 산속이라 휴대폰이 잘 안 되는 이유도 있었지만 너한테 따로 연락할 염치가 없었다."

한꺼번에 너무 많은 이야기를 들어서 뇌에 과부하가 걸릴 것 같았다. 날 속인 것도, 아빠 때문에 여친이랑 헤어진 것도 화가 났는데……. 이야기를 듣다 보니 아빠가 불쌍했다. 아빠나 나나 처량한 신세인 건 마찬가지였다. 진지한 분위기 속, 눈치도 없이 때마침 배 속에서 꼬르륵하고 창자를 할퀴는 우렁찬 소리가 들려왔다.

"너, 아빠가 해 주는 밥 먹어 본 적 없지? 오늘 한번 먹어 봐."

솥, 냄비, 양념으로 추정되는 갖은 페트병들이 아궁이 주위를 뺑 두른 게 부엌의 전부였다.

"메뉴 선택권은 없어. 산채나물비빔밥을 해 주마."

"이거 먹는다고 내가 아직 아빠를 용서한다는 건 아니야. 오해하지 마셔."

아빠는 정체를 알 수 없는 나물 몇 가지에 고추장을 얹고 직접 담갔다는 매실청에 참기름을 둘렀다. 고소한 냄새가 진동하자 저절로 입안 가득 침이 고였다. 빨리 먹고 싶어서 현기증이 날 것 같은데, 아빠는 달군 솥뚜껑에 달걀을 톡 까서 계란 후라

이까지 만들어 냈다. 마침내 계란을 얹어서 쓱쓱 비빈 밥을 한 숟갈 떠 넣는 순간, 벅찬 감동이 밀려들었다. 하지만 감탄은 속으로 꿀꺽 삼켰다.

"여기선 뭐든 자급자족으로 해 먹어야 하거든. 어떠냐! 제법 먹을 만하지?"

요리 솜씨를 인정하는 순간 부리나케 달려온 내 꼴이 우스워질 것 같았다. 아직 화가 단단히 나 있다는 걸 온몸으로 보여 줘야 했다.

"말 시키지 마. 그냥 먹는 거야."

"후식도 있으니 천천히 먹어."

후식은 또 뭐람. 투덜대면서도 숟가락을 바삐 놀렸다. 아빠가 내놓은 후식은 손수 양봉한 꿀을 탄 물과 산복숭아였다. 삼십 분 전까지만 해도 아빠가 미워 참을 수 없을 지경이었다. 그런데 지금은 배가 불러선지 꽁꽁 뭉친 미움이 다소 느슨하게 풀어진 느낌이었다.

"자, 밥도 먹었으니 슬슬 놀 겸 일하러 가자."

"내가 거길 왜 가!"

버럭 화를 내자 아빠가 씁쓸히 웃었다. 아빠는 말대꾸하는 걸 싫어했다. 한두 번은 봐주지만 세 번이 넘어가면 어림없었다. 지은 죄가 있으니 나한테 함부로 못 하는 거겠지. 근데 지금, 아무 대꾸 없이 돌아선 아빠의 등이 한없이 구질구질하고 초라해 보였다. 찬미한테 차이고 변명 한마디 못 한 내 모습까지 겹치자, 참을 수가 없었다.

"에이씨, 짜증 나!"

멀찌감치서 아빠를 뒤따라 걸었다. 이윽고 계곡이 나타났다. 아찔하게 차가운 계곡물에 손을 담갔다. 작은 물고기들이 살갗을 스치며 다가왔다.

"여긴 미꾸라지나 산메기, 버들치가 많거든. 통발 안에 떡밥을 넣고 놔두면 이렇게 물고기들이 알아서 잡히지."

페트병으로 만든 어설픈 통발 안에 각종 민물고기가 헤엄치고 있었다. 아빠와 함께 낚시하러 갔던 기억이 새록새록 떠올랐다. 잡힌 물고기를 들통에 옮겨 담으니 양이 꽤 됐다.

"이야, 메기도 들어왔네. 엄마도 같이 저녁 먹어야 하는데 이정도면 충분하겠다."

"엄마를 불렀어? 나, 말 안 하고 왔는데……."

"엄마도 병원에서 마지막으로 만나고 근 일 년 만에 보는 거야. 우리 식구 간만에 밥 먹으면서 못다 한 이야기도 하게."

능글맞게 웃는 아빠의 모습에 기가 찼다. 은근슬쩍 구렁이 담넘어가듯 하는 태도에 슬슬 부아가 치밀었다.

"아빠 능청 진짜 쩐다. 주는 밥 먹고 가만있으니깐 내가 가마니로 보여? 아빠 때문에 내가 얼마나 힘들었는지 알아?"

씩씩거리고 있는데 털빛이 얼룩덜룩한 들개 한 마리가 물가에서 서성거렸다.

"오구구, 우리 대복이 왔니. 인사해라, 울 아들이시다."

"뭐야, 이 못생긴 개는."

"여기 와서 만났어. 비쩍 곯아 비루먹은 개 한 마리가 오들오들 떨고 있지 뭐냐. 혼자 적적하기도 하고 두고 온 가족도 생각나서 열심히 먹이고 키웠지. 요새는 혼자 싸돌아다니다 저 내키면 오고 그래. 아주 기특해 죽겠어. 대복이라는 목줄을 걸고 있던 걸 봐서는 누가 키우던 개 같은데. 도망을 친 건지, 주인이 갖다 버린 건지, 무슨 사연이 있는지는 모르지만 어쨌든 지금은 씩씩하게 잘 지내니까."

대복이는 내가 앉은 바위 주변을 어슬렁거렸다. 가까이 와서 쿵쿵대며 냄새를 맡더니 손에 묻은 물기를 야무지게 핥았다. 콧잔등으로 팔을 건드리며 놀아 달라는 시늉을 보였다. 줄기차게 꼬리를 좌우로 흔드는 게 꽤 귀여웠다. 자세히 보니 한쪽 귀 끝이 뭉툭하게 잘려 있었다.

"어디서 물린 건지 귀 끝에서 피가 철철 났지. 잔뜩 경계하면서도 아프다고 낑낑대는 게 영 안쓰러웠다."

발랄하게 꼬리를 흔드는 녀석은 과거 일은 깡그리 잊은 듯했다.

"아빠는 말이야. 어렸을 때 공부도 잘했고 부모님 보시기에 착실한 아들로 자랐어. 명문대 나와 누구나 알 만한 대기업에서 일했지. 업무 실적도 좋았어. 숨 막히는 회사 내 권력 다툼도 지겹고, 회사에서만 능력을 썩히기는 아까워 사업도 했고. 탄탄대로만 달려와서 막판에 실패한 게 도무지 납득할 수 없지 뭐냐. 누구보다 성실하고 치열하게 살아왔는데 원망스러운 마음이 컸다. 산으로 도망친 패배자 꼴이 너무 비참했어. 게다가 암까지 걸렸으니. 처음엔 반은 죽을 각오로 들어왔지. 가족들 볼 면목 없는 건 말할 것도 없고 말이야. 그런데 신기하게도 산에서 지내니깐 그런 생각이 서서히 옅어지지 뭐냐. 나 등쳐 먹고 배신해서 죽이고 싶었던 동업자 놈도 조금씩 잊히더라. 처음 내 손으로 나물 뜯어 넣은 된장찌개 먹을 땐 울었지 뭐냐. 너무 맛있고, 감사해서. 왜 그리 아등바등 살았나 싶었어. 그저 된장찌개 한 숟갈이면 이렇게 행복한데 말이야. 규상아, 아빠는 너한테 꼭 해 주고 싶은 말이 있다."

행복은 성적순이 아니잖아요, 어쩌고 하는 그런 말이라면 사양한다. 사람은 밥만으로는 못 산다. 와이파이도 안 터지는 이런 첩첩산중에서 살 생각, 난 추호도 없다. 떨떠름한 표정으로 아빠를 쳐다봤다.

"망해도 돼."

이건 좀 예상치 못했다.

"그리고 도망쳐도 괜찮아. 과거에 얽매이지 말고 오늘을 충실히 살면 되는 거야. 그걸 꼭 기억해."

"공부가 인생의 전부는 아니다, 이런 말 할 거 아니었어?"

"그건 아빠 세대나 해당하는 얘기지. 너희는 복잡하고 전문적이잖아. 내가 해 봐서 아는데라며 이래라 저래라 훈계할 순 없지. 네가 명문대를 가서 아빠처럼 대기업에 입사하고 싶을지, 맘 맞는 색시 만나 일찍 장가가서 애 낳고 알콩달콩 살고 싶을지, 무슨 길을 원하는지 난 모르잖아. 게다가 같은 길을 걷더라도 아빠와 너는 다를 테고. 무턱대고, '물욕을 버리고 자연으로 돌아가자' 하고 말할 순 없지. 그거야말로 진짜 최악의 꼰대 짓 아니냐? 또 사업을 하긴 무섭지만, 아빠도 죽음에서부터 다시 얻은 삶이잖아. 일은 다시 하고 싶어. 양봉 일을 본격적으로 할까도 싶고. 여기선 생활비도 많이 안 들어서 이걸로 돈을 벌면 대부분은 엄마한테 보낼 거야. 네가 뭐 꼭 대학을 가겠다면 아빠가 등록금까지는 마련해야 한다고 생각해. 아직 무슨 일을 하겠다 정해진 건 없지만, 이것저것 생각은 해 봤어. 단지 내가 자신 있게 말하고자 하는 건, 아빠가 만든 이 피신처는 언제든 열어 둘 수 있다는 거야. 도망치고 싶거나 오갈 데 없을 때 멈춰서 쉬어 갈 장소가 있다는 게 얼마나 든든한지 아니?"

아빠의 경험에서 우러나온 순도 백 퍼센트의 조언이 예상과는 달라서 좀 당황스러웠다.

"저녁은 어죽이야. 외할머니가 해 주신 어죽을 네 엄마가 그렇게 좋아했다."

없이 살면 마음이 외려 여유로워지는 걸까. 내 비난 어린 시선에도 굴하지 않고 넉살을 부리는 아빠에게 보기 좋게 한 방 먹었다. 곤란할 때마다 정면 돌파하지 않고 도망치는 건 내가 아빠 아들이라서일까? 뭐 나쁘진 않다. 게임에서도 회피 스킬은 목숨을 구할 때 반드시 필요한 기술이니깐.

해발 700미터라는 산은 해가 기울자 급격히 쌀쌀해졌다. 집 주위를 둘러싼 나뭇잎에 가려 사위가 어둑할 무렵, 엄마가 차를 몰고 왔다. 오랜만의 재회임에도 엄마는 덤덤해 보였다.

"어째 신수가 훤하네. 그럴싸한 살림도 있고. 그토록 원하던 자연인이 다 되셨네요, 방지관 씨."

"허허, 당신 덕분이지. 오느라 시장하실 텐데 어죽 한 그릇 하시죠, 송미경 씨."

아빠는 낮에 잡아 온 민물고기를 소주 섞은 물에 뭉근하게 익혀 뼈들을 발라냈다. 된장과 고추장을 푼 국물에 파, 무, 쑥갓 거기다 소면에 밥까지 넣어 걸쭉하게 끓인 아빠표 어죽이 완성되었다. 일단 냄새는 합격이었다.

"맛은 어떨지 몰라도 모양새는 그럴싸하네?"

적당히 짭짤하고 칼칼한 국물이 호로록 넘어갔다. 엄마는 말한마디 없이 어죽을 꼭꼭 씹어 삼켰다. 랜턴 불빛 때문에 사방에서 날벌레들이 날아왔다. 바람결에 수풀이 흔들리는 소리, 먼 곳에서 들리는 짐승 울음소리가 드문드문 들려왔다. 한동안 잊

고 있던 세 식구의 오붓한 시간을 이토록 먼 곳에서 겪게 될 줄
은 몰랐다. 맵고 뜨끈한 국물 탓인지 눈시울이 주책없이 달아올
랐다. 고개를 아래로 수그렸다. 질금질금 나오는 콧물을 국물과
함께 들이마셔야 했다.

아빠가 떠난 후, 엄마는 밥을 꼭 한 수저씩 남겼다. 어떨 때는
반 이상 남기기도 했다. 나는 생전 없던 변비가 생겼다. 뭘 먹어
도 배 속이 더부룩해서 꾸르륵 소리가 나고, 화장실에 가도 개
운치 않았다. 한 사람이 사라져 버린 우리의 식사는 그리 행복
하지 못했다. 아빠의 공백이 식사 시간만큼은 새삼 크게 느껴졌
다. 먹어도 채울 수 없는 허기 이상의 감정을 엄마나 나나 줄곧
모른 체해 왔다.

밥까지 다 먹고 나니 완전한 밤이 찾아왔다. 시간이 너무 늦
어져 어쩔 수 없이 이곳에서 하룻밤을 보내기로 했다. 아빠는
텐트, 엄마와 난 아빠가 쓰던 방에서 자기로 했다. 방문을 열자
시원한 산바람이 불어왔다. 에어컨이 굳이 필요 없을 정도였다.
아빠와 엄마는 마당에 놓인 나무 탁자에서 못다 한 이야기를 나
누고 있었다.

"간만에 정말 잘 먹었어. 암도 치료하고, 농사도 짓고, 요리도
배우고. 2년 동안 산에서 지낸 보람이 있네."

"당신도 여기 올래? 규상이는 혼자 학교 다녀도 되잖아."

"나 이번에 팀장으로 승진했어. 1년 8개월 만에 이룬 쾌거지.

일도 재밌어. 그래서 당장은 못 가. 그리고 잊어버렸나 본데, 재고작 열여덟이야. 내년엔 수능 본다고. 성적은 별로지만 대학은 갈 모양인데 부모가 돼서 거기까진 뒷바라지해야지."

얼씨구. 두 사람 다 내가 듣고 있다는 걸 모르는 걸까? 노골적으로 공부 못한다고 홍보하는 말에 바짝 약이 올랐다. 방바닥을 주먹으로 쿵 치자 옆에서 코를 골며 자던 대복이가 꿈틀거렸다. 미안함에 등을 가만히 토닥이자 녀석이 실눈을 떴다가 다시 눈을 감았다.

나는 도로 방바닥에 등을 대고 누웠다. 언제부턴가 찬미 생각이 조금도 나지 않았다. 산속의 평화가 이별의 슬픔을 앗아간 것일까. 미련이니 복수니 하는 건 거대한 자연 앞에서 한낱 티끌처럼 느껴졌다.

"막상 월요일 돼서 학교 가면 기분 다시 거지 같아질 텐데. 확 여기서 눌러살까?"

까만 하늘에 별이 많기도 많았다. 잘게 빻은 유리 조각들처럼 반짝거렸다. 도시에선 하나 보기도 힘들고 그마저도 희미한데 산에선 유난히 잘 보였다. 가로등 불빛 하나 없이 칠흑같이 어두운 하늘 아래 별은 제빛을 잃지 않고 선명히 빛났다. 주변이 온통 까매서 눈에 뵈는 게 없었고, 뵈는 게 없으니 용감해지는 기분이 들었다. 학교에 가도 아무렇지 않게 찬미를 볼 수 있을 것 같았다. 가만히 눈을 감았다. 물과 바람이 만드는 소리를 자장가 삼아 서서히 잠이 들었다.

닭 울음소리에 눈을 떴을 때, 방에는 나 혼자뿐이었다. 텐트 안도 비어 있었다. 세수하러 계곡으로 갔다. 얼음장 같은 물을 얼굴에 끼얹으니 정신이 번쩍 났다. 돌아오니 아빠와 엄마가 아침 준비를 하는 중이었다.

"씻고 왔니? 아침 먹자."

삶은 고구마를 비롯한 배추, 오이, 고추 같은 채소가 한 상 가득 차려져 있었다.

"이게 뭐야. 여기 초식동물만 있어? 완전 풀밭이네."

"난 아침마다 이렇게 자연식만 먹는다. 장도 튼튼해지고 속도 편안해. 너 변비 심하다며. 너도 식습관을 좀 바꿔 봐."

"대장암 걸렸던 건 내가 아니라 아빠거든?"

내 핀잔에 아빠가 너털웃음을 터뜨렸다. 손수 키운 채소가 체질을 건강하게 만들어 준다는 둥, 산에서 살면서 미세먼지며 층간소음에서 해방되었다는 둥 지난 2년을 보상이라도 하듯 아빠는 밥 먹는 내내 떠들어 댔다. 횡설수설 말을 많이 하는 게 웃기고 짠했다.

"하여간, 힘들면 언제든지 와. 개똥밭에 굴러도 이승이 좋고, 혼자 구르는 것보단 같이 구르는 게 덜 쪽팔리니깐. 하하!"

"소설가랑 놀더니 말이 청산유수야. 어죽 먹으려는 다시 올게. 간다."

덜컹거리는 차 안에서 멀어지는 아빠를 향해 손을 흔들었다. 나는 봤다. 아빠가 돌아서면서 손등으로 눈가를 훔치는 걸. 저렇게 물렁물렁한 사람이 무슨 독한 마음으로 2년 동안 참고 살았을까. 눈시울이 시큰해져 창밖으로 시선을 돌렸다. 도로에 접어들자 엄마가 말했다.

"금방 돌아올 줄 알았어. 한창 예민할 나이인 너까지 괜히 신경 쓰게 하고 싶지 않았고, 이렇게 네가 잘 받아들일 줄 알았으면 그냥 털어놓을 걸 그랬나 봐. 어쨌거나 비겁하게 피했고 결과적으로는 속인 게 됐어. 엄마가 미안해."

"역시 우린 가족인가 봐. 토끼는 데 일가견이 있는 걸 보니."

엄마가 눈을 흘기며 피식 웃었다. 새파란 하늘에 걸린 흰 구름이 차창 밖으로 지나갔다. 토끼와 거북이 동화가 생각났다. 경주 중에도 나무 그늘에 누워 잠을 청하는 토끼는 아주 멋져 보였다. 넘치는 자신감에서 오는 여유가 부러웠다. 나라면 죽었다 깨어나도 못 할 용기였다.

동화책 마지막 장에서 토끼는 눈물이 그렁그렁 맺힌 눈으로 땅을 치며 억울해했다. 이상했다. 거북이한테 한 번 졌을 뿐이잖아? 그래도 토끼는 여전히 빠른데라고 생각했다. 세상은 거북이의 성실과 끈기를 칭찬한다. 앞만 보고 나가는 거북이는 행복할까? 열여덟 살이 세상 운운하기는 아직 이른가? 에라, 모르겠다.

나중에 닥치면 생각하지 뭐.

　창문을 열자, 상쾌한 바람이 불어왔다. 머리가 맑아졌다. 실상 달라진 것은 하나도 없는데 마음만은 한없이 가벼웠다. 머리 위로 토끼를 닮은 흰 구름이 둥실 떠갔다.

이세계의 펜칼은 현재진행형

* 이세계(異世界, 일본어, isekai)는 우리가 사는 세계와는 다른 세계로 일본의 만화, 애니메이션과 같은 미디어 장르인 '이세계물'에 주로 사용된다. 명칭은 2010년대 일본 라이트 노벨과 만화의 서브컬처에서 넘어온 일종의 번역체라고 할 수 있다. 현실에서 살던 주인공이 환생과 전생, 전이를 통해서 이세계로 건너가며 벌어지는 이야기를 다룬다. 주로 많이 쓰이는 마계 외에도 천국과 지옥 같은 사후 세계, 지도에 없는 알 수 없는 섬, 과거나 미래로 가는 시간여행 이세계물 등이 있다. 개인적으로 청소년 시절 재미있게 본 이세계물로는 『천공의 에스카플로네』, 『환상게임』, 『이누야샤』 등이 있으며 성인이 되어서는 『전생했더니 슬라임이었던 건에 대하여』와 『Re:제로부터 시작하는 이세계 생활』 등이다. 평범한 사람이 이세계에서 한계를 뛰어넘고 성장함으로써 대리만족과 쾌감을 얻는 점이 이세계물의 인기 요인이라고 할 수 있다. 마찬가지로 한국의 웹 소설에서도 무시당하던 주인공이 전투와 모험을 통해서 레벨 업 하는 이야기가 인기를 끌고 있다. 상당수가 먼치킨(오즈의 마법사에 나온 난쟁이. 현대에 와서는 '압도적으로 강해서 혼자서 모든 것을 해결하는 캐릭터'란 뜻으로 쓰임)과 사이다 전개(큰 시련 없이 시원하게 진행됨을 뜻함. 반대로 느리고 답답한 진행 방식은 고구마 전개)로 서사를 끌고 나가는 것이 특징이다.

＊

묵직한 장검을 든 두 손에 물컹한 기운이 스며든다. 제기랄, 방심하고 있는 찰나 암스플렛에 꼼짝없이 걸려들었다.

"피그리스, 기습 조심해!"

"으악 늦었어 펜칼, 미안…읍, 읍!"

앞서 걷던 피그리스도 방어진을 치기 전, 이미 결박당하고 말았다. 뒤돌아선 피그리스의 얼굴에 황망한 기색이 역력하다. 어떻게든 중간지점에 있는 퓨어리가 합류하기 전까진 우리 둘이서 던전을 돌파해야 한다.

"큭, 이 기생충 같은 녀석이!"

암스플렛은 온몸에 난 촉수로 끈적하게 피부를 조여 왔다. 조금씩 전류를 따라 소름 돋는 감각이 전해진다. 가느다란 바늘이 콕콕 쑤시는 것 같은 고통은 이내 날카로운 비수가 되어 동맥을 돌며 전신을 헤집어 놓겠지. 이세계에 온 지 석 달이 다 되어 가는데도 손바닥만 한 암스플렛이 제일 적응 안 된다. 수포가 득실거리는 슬라임같이 생긴 하찮은 녀석이 이세계에서 제일 두려워하는 마물이 될 줄이야. 혹시 어린 시절 내가 모르는 감전 사고가 있어서 트라우마가 있는지 생각해 본 적도 있었다.

암스플렛은 무력으로는 떨어지지 않는다. 섣불리 칼을 휘둘렀다간 녀석이 자가복제할 기회를 제공할 뿐이었다. 뭔가 좋은 수가 없나…… 그렇지! 던전에 들어오기 며칠 전, 무기 장수에게서 산 라룩스가 있었다! 지하 던전에서는 라룩스만큼 도움이 되는 게 없다. 어둠에 익숙해져 시각이 약해진 마물들에겐 라룩스의 폭발하는 빛 광채가 데미지를 주기에 안성맞춤이었다. 긴박한 일 분 일 초지만 여유분까지 넉넉하게 사 놓은 선견지명에 스스로 감탄했다. 암스플렛이 똬리를 틀고 팔꿈치 부근까지 꿈틀대며 기어 올라왔다.

"쥐새끼 같은 게."

핵에 해당하는 스위치를 찾는 손가락이 바빠졌다. 핵을 눌린 암스플렛이 빈틈을 보이는 순간만이 유일하게 반격할 수 있다. 종기같이 볼록한 스위치가 손끝에서 미세하게 느껴졌다.

"됐다!"

내가 있는 힘껏 꼬집자 놈이 조였던 힘을 풀며 주춤했다. 그 틈에 잽싸게 오른손으로 허리춤에 매어져 있던 라룩스를 꺼냈다.

"라룩스키라마이트!"

라룩스가 번갯불 같은 섬광을 쏟으며 터지자 암스플렛은 '찌이이익' 하는 기괴한 신음을 내뱉으며 도망갔다. 나는 빠르게 머리가 둘인 닭을 닮은 라피둘의 목에 거침없이 장검을 휘둘렀다. 라피둘의 머리가 떨어지고, 입에서 뽑아낸 결박 그물도 맥없이 떨어져 나왔다. 결박당한 피그리스가 그제야 풀려났다.

"휴우, 고마워 펜칼. 우리 둘 다 정신 똑바로 차려야겠어. 아무래도 여기엔 약한 최루 가루가 떠다니는 것 같아."

"응. 코끝이 간질간질한 게 그런 것 같아. 조금만 더 가면 퓨어리를 만날 수 있을 테니 잘 견뎌 보자고."

검사인 나 펜칼, 반인반수 야만인인 바바리안족의 피그리스, 힐러인 엘프족 피어리까지 세 명으로 이루어진 우리는 쓰리피스 파티다. P로 시작된 3인이라는 단순한 뜻으로 내가 지었다. 마물들을 사냥하고 현상금을 받는 게 우리의 주 업무다. 지금은 화이트 드래곤이 가져간 고르키오 영주의 보물인 차원의 서 '엘하키'를 찾기 위해 지하 던전에서 임무를 수행 중이다.

이틀 전, 셋이 함께 가던 중 갈림길이 나왔다. 피어리가 이마의 수정에 마력을 집중시켰다. 수정의 은은한 빛이 피어리를 부드럽게 감쌌다.

"난 오른쪽으로 갈게. 너희들은 왼쪽으로 가. 다시 합쳐지는 지점이 나올 거야. 거기서 만나자."

그렇게 해서 우리는 따로 움직이게 된 것이다.

반나절을 꼬박 마물들을 해치웠지만 길은 보일 듯 보이지 않왔다. 나나 피그리스나 체력이 많이 떨어진 참이었다.

"피그리스! 여기서 잠깐 쉬었다 가는 것 어때?"

"좋지. 주점에서 산 고블린 장어 젤리 좀 꺼내 봐. 상하기 전에 하나씩 먹자."

"마침 나도 그 말 하려던 참이었어. 당이 떨어졌는지 손이 달달 떨리더라니깐. 지금 딱 먹어 줘야 할 타이밍이라고."

독을 제거한 고블린 새끼 장어로 만든 젤리는 연이은 전투에 지친 상태에서 먹으면 단박에 스태미나를 쭉 끌어올려 주는 요긴한 간식이다. 살아 있는 모습은 끔찍하나 요리로 만들었을 때의 풍미는 그야말로 극강의 달달함이다. 누가 알았겠는가. 이런 흉측한 고블린 마물이 기가 막힌 요리 재료가 될 줄. 푸욱 삶아 낸 고블린 뼈까지 오독오독 씹었다. 단것을 먹고 나니 떼꾼했던 눈이 번쩍 뜨이면서 맑아지는 느낌이었다. 빈속에 음식이 들어오고 나니 앉은 채로 잠이 사르르 몰려왔다.

"왜 이렇게 몸이 나른하지."

"당연하지. 교대 바꾸면서 이틀 동안 편하게 눈 붙여 볼 새가 없었잖아. 고르키오 자식이 일주일 안에 보물을 찾아오면 보상금을 두 배로 쳐주겠단 말만 않았어도 이 고생을 안 했을 텐데 말이야."

"말 나온 김에 잠깐, 아주 잠깐만 눈 좀 붙여 볼까? 눈꺼풀이 자꾸 감겨……."

피그리스와 나 누가 먼저랄 것도 없이 어느새 설핏한 잠 속으로 빠져들고 있었다. 눈을 감자마자 꿈인지 기억인지 모를 이미지들이 아지랑이가 피어오르듯 머리에서 아른거렸다. 멋모르고 환각 버섯을 먹었을 때처럼 웃음이 비실비실 새어 나왔다.

'지금 이럴 때가 아닌데, 피어리가 애타게 기다릴지도 모르는데……'라는 생각은 의식의 그늘 속으로 점차 젖어 들었다. 팽팽하게 몸을 옭아매던 긴장이 풀리고 흑요석 같은 짙은 어둠에 고단한 몸을 뉘었다. 얼마 만에 느껴보는 단잠인지. 피어리에게 불꽃 같은 귀싸대기를 맞더라도, 이 순간이 주는 기쁨은 혀끝에 맴도는 꿀처럼 달콤했다.

"야, 한치열 안 일어나!"

벼락같은 목소리와 함께 뒤통수로 따끔한 충격이 전해졌다. 나는 놀라서 벌떡 일어났다. 사방에서 조롱 섞인 웃음소리가 들렸다. 뭐지, 이곳은…….

"아주 기세등등하게 수업 시간에 잠을 쳐자? 여기가 여관방이냐, 인마!"

"에? 당신은 누구죠? 여긴 어디지?"

나를 둘러싼 이들이 아까보다 더 크게 웃었다. 나만이 심각한 얼굴로 금방이라도 으르렁대며 달려들 것 같은 남자를 마주하고 있었다. 남자의 목 부분에서 시작한 홍조가 얼굴로 빠르게 번졌다.

"애들아, 너네 급식 시간에 뭐 상한 음식 먹었냐? 얘, 왜 이러냐, 이거?"

"한치열 요새 밤마다 웹 소설 쓴다고 현실과 판타지의 경계가 붕괴됐어요."

왁자한 웃음소리가 공간을 파도쳤다. 웹 소설, 판타지? 모르는 단어들의 뜻을 가늠하느라 머리가 지끈거렸다. 남자는 적대감과 냉소가 섞인 눈빛으로 내 얼굴을 노골적으로 훑었다. 나를 다른 사람으로 착각하는 건 아닐까? 전에 본 것 같기도 한데, 감지되는 기운이 썩 좋다고만은 느껴지지 않았다. 잠깐, 내 데몬 슬레이어! 내 검은 어디로 간 거지. 이 불편한 옷차림도 그렇고.

"뭐, 그래. 공부에 재주가 없어서 웹 소설이니 웹툰이니 하겠다고 수능 포기하는 건 안 말리겠는데, 괜히 잠이나 자려고 학교에 오려면 짐 싸서 집에 가라. 수업 분위기 흐리지 말고."

남자가 혀를 끌끌 차며 제자리로 돌아갔다. 나는 얼떨결에 그 자리에 주저앉았다. 이 사태를 어떻게 돌파해 나갈까 고민해야겠다. 옆자리에 앉은 사내의 인상이 딱히 나쁘지 않아서 일단 말을 걸어보기로 했는데, 내 마음을 간파당하기라도 한 듯 사내가 먼저 물었다.

"요새 코인 챙기는 재미가 꽤 쏠쏠하냐? 너 별점 은근히 높더라? 처음엔 비웃었는데 나도 재미있게 보고 있어. 현실과 판타지를 오가는데 현실 부분이 조금 감동적이기도 하고 말이야. 선생님이 이리로 오기 전에 먼저 깨웠어야 했는데 미안하다."

"코인이 뭐지? 내가 모르는 마물인가? 별점은 또 뭐야? 사냥 스킬을 말하는 건가?"

"하여간 그놈의 아가리는 1절만 할 줄은 모르냐?"

뭐가 뭔지 통 모르겠다. 침착하게 정신을 가다듬고 주위를 둘러본다. 같은 옷을 입은 남녀가 앉아서 정면에 놓인 흑판에 신경을 집중하고 있었다. 흑판에 쓰인 건 내가 해석할 수 없는 숫자와 도형으로 가득했다. 이세계의 마법진과 주문인 건가. 찬찬히 앉아 있는 얼굴들을 뜯어보니 마법사로 보기에는 다소 앳돼 보이는 데다, 마법사다운 기운도 느껴지지 않았다. 무난해 보이는 게 일반 백성 같지만, 섣불리 단정 지을 수는 없었다.

원래 세계로 돌아가려면 어떡해야 하지? 내 의지로 떨어진 게 아니니 일단은 추이를 좀 더 지켜보면 자연스레 돌아가는 걸까? 아아, 모르겠다 정말. 의자에 꼿꼿이 앉아 경계를 놓지 않은 채 동태를 살피고 있었다. 갑자기 낭랑한 종소리가 들렸고 그에 맞춰 사람들은 기지개를 켜며 하나둘씩 자리에서 일어났다. 흐느적거리며 일어나는 게 흡사 죽었다가 살아 돌아온 언데드를 연상시킬 정도로 피곤이 뚝뚝 묻어났다.

다시 돌아온 아이들의 손아귀에는 하나같이 똑같은 빛깔의 옷감이 들려 있었다. 멀뚱히 쳐다보다가 옆자리 사내와 눈이 마주쳤다. 나를 한심하게 바라보는 듯한 눈초리였다.

"넌 체육복 안 갈아입냐? 듣자 하니 날개가 이번에 선봤던 여자한테 또 차여서 아침부터 분위기 살벌하다던데. 괜히 긁어 부스럼 만들지 말고 빨리 나갈 준비해."

옆에서 다른 아이가 짜증스럽다는 얼굴로 대꾸했다.

"지 성깔대로 툭하면 운동장 열 바퀴, 오리걸음 한 바퀴…… 얼굴이면 얼굴, 성격이면 성격 다 그따위니깐 맨날 여자들한테도 까이지. 그냥 혼자 사는 게 여러모로 인류 평화를 위해 좋을 텐데."

"근데 내 체육복이라는 건 어디 있는 거지?"

"오늘따라 왜 이렇게 초면인 것처럼 굴어? 네 사물함에 있겠지. 나 먼저 간다. 이따 보자."

녀석이 가리킨 손가락 끄트머리에 사물함이 있었다. 사람들은 분주하게 문을 열었다 닫았다 했다. 나는 어떤 것이 내 것인지 몰라서 그 앞에서 서성였다.

"아까 말했던 한치열이 설마 이세계에서 내 이름인가?"

한치열이란 이름을 발견했으나 입구에는 자물쇠가 달려 있었다. 회색의 우중충한 옷으로 갈아입지 않은 사람은 이제 나 하나뿐이었다. 주저해 봤자 소용없었다. 일단 부딪치는 수밖에는. 밖으로 나갔다. 누리끼리한 모래벌판에서 날 바라보는 이들의 시선이 곱지 않은 걸 봐서는 뭔가 실수를 한 것 같다. 검은 안경을 쓴 기골이 장대한 사내가 험상궂은 얼굴로 다가왔다.

"체육복도 안 갈아입은 주제에 늦기까지 해?"

"입으려고 했으나 자물쇠가 달려 있었소."

"허 참, 달려 있었소? 말이 짧네? 아 맞다. 그러고 보니 옛날에 좀 아팠었다는 자식이네. 맞지?"

마지막 말이 묘하게 가슴을 쿡쿡 쑤셨다. 지켜보는 몇몇 이들은 경멸의 눈빛으로 사내를 쏘아보았다. 내가 아팠었다고? 이렇게 팔팔한데…… 도무지 영문을 모르겠다.

사내는 들고 있던 나무 막대로 내 옆구리를 쿡쿡 찔렀다. 감히 피를 부르는 '황야의 늑대'라 불리는 펜칼을 건드리다니. 더는 무례를 견딜 수 없어 사내의 손목을 콱 움켜잡아 보았으나 허탕만 쳤다. 이상하게도 손아귀에 힘이 들어가지 않는다. 3일 밤을 새우고도 마물들을 물리친 체력인데 어째서일까. 서투른 시도는 사내의 화만 돋운 셈이 된 것 같다. 사내가 미간을 한껏 찡그리자 오래된 나무의 껍질 같은 주름이 깊게 팼다.

"그 머리엔 우동사리가 들었냐? 감히 선생에게 대들어? 오케이. 그렇담 오늘 내가 정신무장을 혹독히 갖추도록 기꺼이 조져주마. 우선 체력단련부터 들어간다. 운동장 열 바퀴 돌고 와!"

"고작 열 바퀴라, 그거면 되겠소?"

"아니, 이게 진짜 보자 보자 하니깐!"

내 여유로운 모습이 사내를 더욱 자극한 것 같았다. 사내의 이마에 푸르스름한 핏줄이 꿈틀거리며 돋았다. 괜히 일을 복잡하게 만들 필요는 없다고 생각했다. 천릿길도 훨훨 날아다니는 나의 달리기 능력으로 이까짓 것쯤 금세 해치워 버리면 그만이었다. 그러면 저 사내도 내 실력을 알고 더는 함부로 대하지 않을 것이다.

어라, 그런데 이상했다. 이세계의 중력이 나를 훼방하는 걸까? 물을 잔뜩 먹은 솜처럼 몸이 무거웠다. 열 바퀴의 반쯤 되자 가쁜 숨이 미친 듯이 터져 나왔다. 폐가 갈비뼈를 뚫고 나올 것만 같이 고통스럽고 눈앞이 어지러웠다. 그대로 고꾸라졌더니 저 멀리서 사내가 외쳤다.

"야, 빨랑 안 일어나! 잘난 척하더니 겨우 그거 뛰고 쓰러져?"

사내의 고함은 계속되었다. 수치심이 내 구석구석을 파고들었다. 이 정도 굴욕에 쓰러질 내가 아니다. 나는 어금니를 꽉 물고 일어났다. 젖 먹던 힘을 다해서 한 발 한 발 뛰었다.

열 바퀴를 다 돌았을 때는 등허리가 땀으로 흠뻑 젖었다. 다리는 후들거렸지만 매서운 눈빛으로 사내를 바라봤다.

"꼴이 아주 가관이네. 그렇게 몸이 약해 빠졌으니 정신 상태도 그 모양이지. 따라와라, 진실의 방으로."

이름이 범상치 않다. 어쩌면 이세계와 내가 있던 세계를 잇는 경계의 방인 걸까? 순진한 추측일 수도 있으나 일말의 기대감에 입꼬리에 미소가 번졌다. 그때 아이들이 날 불쌍하다는 눈으로 바라보며 속삭였다.

"날개 표적이 오늘은 한치열이네."

"그래도 너무했다. 저 창고에서 자살했다는 귀신 본 애들이 한둘이 아닌데……."

"호기심에 저기 들어갔다가 미쳐서 옥상에 올라갔던 애도 있었대. 체육 진짜 왜 저러냐?"

"다들 시끄러워! 공부는 안 하고 그딴 헛소리나 믿고, 니들 오늘 단체로 태도가 엉망이야! 나머지도 운동장 열 바퀴 돌아!"

사내가 지독한 구취의 한숨을 토해 내며 씩씩거렸다. 마물의 시체가 썩는 듯한 악취였다. 아이들의 눈빛에 나에 대한 원망과 사내를 향한 증오가 가득했다. 그나저나 자살이라니, 거기다 귀신이라면? 진실의 방에 사람을 홀리는 사악한 마물이 있다는 말인 것 같은데. 마물들로 인해 도탄에 빠진 백성들을 구하는 것도 마물 사냥꾼의 몫이다. 그래, 이번에야말로 뭔가 보여 주지. 나는 순순히 사내의 꽁무니를 쫓아서 허름해 보이는 창고로 걸어갔다. 녹이 슨 쇠 빗장을 밀자 뿌연 어둠이 펼쳐졌다. 온몸으로 파고드는 한기에 팔뚝에는 소름이 돋고 급작스레 요의까지 느껴졌다. 뒤이어 문이 닫히는 소리가 들렸다.

"건방진 녀석. 넌 이곳에서 나갈 수 없어. 으흐흐흐."

사내의 목소리가 이상하게 변했다. 갑자기 뒤통수로 일격이 가해졌다. 원래대로였다면 피하고도 남을 형편없는 공격이었지만 그대로 맞고 말았다. 내 능력이 온전히 미치지 않는 이세계라는 사실을 깜빡했다. 마물의 본거지로 들어오고 나서야 이 모든 게 함정이라는 걸 깨달았다. 뒤통수가 욱신거렸다. 사내의 형상이 흐릿했다. 여기서 무너지면 끝장이었다. 나는 몇 번을 더 얻어터진 후에야 간신히 사내의 손목을 잡고 주먹을 날렸다. 코끝에 스미는 공기의 흐름이 낯익었다. 사내의 손목이 바람이 푹 꺼지듯 흐물거리기 시작했다. 태풍을 만난 함선의 돛처럼 사내의 육신이 갈가리 찢기기 시작했다.

"역시 마물이었군! 어서 정체를 드러내시지."

허물을 벗고 본모습을 드러낸 건 헬라미클이었다. 헬라미클은 등 쪽에 달린 거대한 붉은 꽃 수술 끝에서 환각 가루를 쉴 새 없이 뿜어대는 마물이다. 꽃을 제외한 온몸이 미끌미끌한 은색 비늘로 덮여 있고, 얼굴 역시 어류와 흡사하다. 입안 가득 톱니 같은 이빨과 뾰족한 부리로 이뤄진 3급 마물이었다.

헬라미클이 거는 환각은 과거의 고통스러운 기억을 변형해서 나타나는데 악랄하기로 자자했다. 자신이 누구인지, 어디에서 왔는지도 망각한 채 헬라미클이 꾸민 환각에 영영 갇힌 채 죽는 경우도 있었다. 머리 위에서 물기를 머금은 듯한 목소리가 아득하게 들려왔다.

"머엉처어엉……."

"거기 누구야! 뭐라고 하는 거야!"

헬라미클이 날카로운 꼬리를 창처럼 휘두르며 공격했다. 몸을 피한 자리마다 정통으로 맞았다면 치명적일 구멍이 뚫렸다. 녀석은 틈을 주지 않고 맹렬히 공격을 퍼부었다. 주변에 있는 사물들 뒤로 피하느라 숨이 턱 끝까지 찼다. 능력이 아직 돌아오지 않는 걸 보면 환각 중인 게 분명하다. 환각을 깨려면, 그러려면…… 칼날 같은 목소리가 허공을 갈랐다.

"야, 이 멍청한 놈아!"

날카로운 음의 파장이 대기에 미세한 균열의 틈을 일으켰다. 그제야 모든 기억과 힘들이 마치 자석에 이끌리듯 신속하게 내 안으로 빨려 들어왔다. 몸에 원기가 솟구치면서 오른손에 사라졌던 데몬 슬레이어도 돌아왔다. 이를 본 헬라미클의 꼬리가 마구 요동치기 시작했다. 최후의 발악인지 놈은 닥치는 대로 주변을 파괴했다. 하지만 환각이 무너지고 있으니 승리는 내 손안에 있었다. 원래의 신체 조건이 돌아오자마자 솜씨 좋게 놈을 따돌리며 맞은편 벽으로 내달렸다. 부서지고 깨지는 소리와 놈이 분개해서 지르는 고함이 한꺼번에 귓가에 날아들었다.

"그만 죽어랏!"

벽을 박찬 반동으로 놈의 등에 칼을 내리꽂았다. 환각 가루를 쏟아 내던 꽃에서 부글거리며 검붉은 피가 쏟아져 내렸다. 피가 닿은 비늘마저 까맣게 변색하자 놈이 몸을 뒤틀었다. 헬라미클은 고통에 질린 신음을 토해 내며 서서히 바닥으로 쓰러졌다.

눈을 깜빡이자 낯익은 던전이 펼쳐졌다. 언짢은 얼굴로 팔짱을 끼고 서 있는 피어리가 보였다.

"혹시나 했더니 역시나. 그렇게 방심하지 말라고 했거늘."

"그게, 잠을 못 잤더니 피곤해서 견딜 수가 있어야 말이지. 진 짜 딱 5분 졸았던 것 같은데. 근데 피그리스는?"

피그리스는 무서운 환각을 꾸는지 가련하게도 손과 발을 있 는 대로 허우적거리고 있었다. 등에 멘 방패 때문인지 뒤집힌 채 버둥대는 한 마리 바퀴벌레 같았다. 나와 피어리는 어이가 없어서 피식 웃었다. 피그리스를 괴롭히는 남은 헬라미클 한 마 리를 함께 해치운 우리는 다시 목적지로 향했다.

"펜칼, 넌 무슨 환각을 꿨냐?"

"원래 세계 학교에서 날개한테 걸린 환각. 끔찍했지."

"날개라니? 그게 뭐야?"

"날마다 개지랄. 별것도 아닌 걸로 벌점 남발하고 지 컨디션 안 좋다고 애들한테 소리 지르고 짜증 냈거든. 체육 시간에 나 는 주로 벤치에 앉아서 쉬곤 했는데 악쓰고 화낼 때 보면 심장 이 다 벌렁거릴 정도였어. 내가 백혈병으로 투병 중이었던 것도 트집 잡을 정도였지. 이사장 조카라서 눈에 뵈는 게 없거든. 아 팠던 날 늘 걱정해 주시고 문병도 와 주셨던 담임 선생님하고는 정말 딴판이었어."

"저런, 죽여 버리지 그랬어."

"지금은 한 번에 죽이겠지만 환각 속에서는 능력치를 모두 빼앗겨서 힘이 하나도 없었어. 내 존재조차 까맣게 잊어서 세계를 파악하는 것도 어려웠고. 아마도 공포심을 더 자극하려고 그랬겠지. 다행히 피어리의 호통으로 환각이 풀려났어. 고마워, 피어리."

힘을 상실한다는 건 정말 무서웠다.

일 년 전, 빌비도를 만나지 못했다면 난 여전히 병실에 무기력하게 누워 있었을 것이다. 사라져 버린 빌비도를 찾으러 이세계로 오게 된 것이 아직도 종종 믿기지 않을 때가 있다. 빌비도는 지금쯤 어디서 뭘 하는 걸까.

"이번 엘하키 건만 잘 마무리하면 빌비도를 찾는 단서에 한 발 더 다가갈 수 있을 거야. 다들 끝까지 힘내자고."

피어리가 어깨를 툭 치며 싱긋 웃었다. 가까이서 보니 눈 밑으로 칼에 베인 상처가 있었다. 치명상은 아니지만, 창백한 피부에 긴 실금처럼 푸른 피가 맺혀 있었다.

"뺨에 피가……."

내 손이 닿으려 하자 피어리가 손등으로 무심하게 피를 쿡 찍어 눌렀다.

"별거 아니야. 좀 긁혔어. 난 됐고, 피그리스나 잘 챙겨. 피그리스는 바바리안이긴 해도 아직 어려서 스킬을 다루는 게 미흡하니깐 신경 써 줘. 시간 끌지 말고 어서 가자."

피어리는 왼발을 살짝 절룩거리며 앞장섰다. 짐짓 내색은 안 해도 몇 날 며칠 누적된 피로가 어깨마다 켜켜이 쌓여 있었다.

초등학교 6학년 졸업을 앞두던 때였다. 며칠째 목이 붓고 고열이 떨어지지 않아 병원에 갔다가 청천벽력 같은 이야기를 들었다. 피검사를 했는데 말초혈액에서 이상 수치가 나와서 골수 검사를 해야 한다고 했다. 일단 정밀검사를 받아 봐야 하지만 아마도 급성 림프구성 백혈병이 의심된다고 했다. 진단은 사실로 밝혀졌다.

내 앞에서 가까스로 마음을 다잡았지만, 엄마는 적잖이 충격을 받은 듯 보였다. 반드시 잘 이겨내서 완치하자며 가족들은 나를 끌어안고 위로했다. 모두가 무너지지 않으려 안간힘을 쓴 시절이었다.

본격적인 치료가 시작되면서 면역력 수치는 바닥으로 곤두박질쳤고, 몸무게가 급격히 빠지기 시작했다. 반복되는 주사와 채혈, 검사로 몸은 점점 시들어 갔다. 잘 견디다가도 너무 아프고 서러워서 모진 말이 불쑥 튀어나왔다.

진통제로 겨우 잠을 이룰 만큼 낮과 밤의 경계가 멍한 날들이 이어졌다. 입원과 외래를 반복해야 했으므로 정상적인 학교생활은 할 수 없었다. 우울은 불시에 닥쳐서 억지로 버티던 마음도 무너뜨리기 십상이라, 만화나 소설 따위를 손에 잡히는 대로 읽으며 잡생각을 떨쳐 냈다. 내 형편을 아는 친구가 요새 뜨는 웹 소설이라며 링크를 보내줬다.

"언데드가 치트키를 획득했습니다? 뭔 제목이 이따구냐. 한 번 죽은 후 좀비가 된 주인공이 이세계에서 부활해 최고의 언데드 헌터가 되는 내용이라. 뭐 오늘은 이걸로 때워 볼까?"

혼잣말로 중얼거리는데 휴대폰 액정화면에 그림자가 비쳤다. 고갤 드니 웬 노인이 앞니 빠진 이를 옹그리고는 씩 웃고 있었다.

"그거 꽤 볼만하다네. 별 다섯 개 중에 네 개 반의 재미는 보장하지."

"할아버진 누, 누구세요?"

"이 병원 용역 청소원이네. 작품 보는 안목이 탁월해서 지나가다 한마디 했네만."

노인의 목에 김병수라 쓰인 명찰이 걸려 있었다.

"와, 할아버지도 이런 걸 보세요? 할아버지야말로 안목 오지시네요."

나중에서야 들은 얘기지만, 할아버지는 날 눈여겨봐 왔다고 했다. 5인실 병실에서 내내 울적한 얼굴로 치료를 받다가 책을 펼칠 때는 간간이 미소 짓는 모습이 인상 깊었다고 했다. 무려 57년이라는 세월이 놓여 있긴 했지만, 판타지 소설 애호가라는 공통분모는 그 차이를 넉넉히 감싸 안았다. 우리는 그렇게 친구가 되었다.

"시공의 회귀자 설정은 나름 신박했어. 고만고만한 양산형 판타지 가운데서도 눈에 띄는 매력이 있지."

"제 최애가 시공의 회귀자 주인공 로시난테예요. 역시 할아버지는 뭘 좀 볼 줄 알아요."

"그래? 너도 로시난테처럼 차원 이동을 해 볼 생각 있니?"

묵묵히 걸레질로 병실 바닥을 훔치던 할아버지가 하던 일을 멈추고 나를 쳐다봤다. 평소처럼 푸근한 인상이었지만 눈빛만큼은 오늘따라 무척 진지했다. 현실과 망상을 구별 못 한다는 치매에 걸리신 게 아닐까 문득 조심스러워 입술이 달싹거렸다. 판타지 소설 오타쿠인 내 미래를 눈앞에서 마주하는 기분은 어딘가 석연찮고 찜찜했다.

"어때, 생각 있어?"

"오늘따라 이상하시네요. 어디 아프신 건 아니죠?"

"걱정하지 마라, 난 아주 멀쩡하니깐. 다시 한번 묻겠다. 다른 세계로 간다면 어떨 것 같니?"

"사실 뭐 한 번쯤은 누구나 그런 상상을 하죠. 하지만 현실을 직시하자면 전 백혈병에 걸려 집과 병원을 바쁘게 오가는 중3일 뿐이죠. 아직 완치 판정을 못 받은……."

벌써 2년 넘게 투병 중이었다. 희망을 포기하지도, 마음 한편의 불안감을 떨치지도 못한 채 땀이 촉촉하게 배어나는 손가락을 꼼지락거렸다.

"곧 깨끗이 나을 게다. 날 믿고 따라오렴."

할아버지의 목소리는 단호했다. 설마 별일이야 있겠냐는 생각이 들었다. 며칠 장마가 기승을 부렸는데 모처럼 비가 그친 쾌청한 아침이었다. 바람이나 쐴 겸 산책하러 나가는 가벼운 마음으로 할아버지를 좇았다.

할아버지는 엘리베이터의 맨 꼭대기 층을 눌렀다. 밖에 나가는 것 아니냐고 묻자 할아버지는 대답 대신에 작은 유리병 하나를 건넸다. 엄지손가락만 한 크기의 끝이 뾰족한 병 속에는 푸른빛을 띤 액체가 들어 있었다.

"마셔라. 그걸 마셔야 다른 세계로 건너갈 차원의 눈이 뜨여."

그때까지도 할아버지의 철저한 준비성에 감탄할 뿐이었다. 정성껏 준비한 재미있는 설정에 좀 더 맞장구를 쳐 주고 싶었다. 나는 단번에 들이켰다. 액체는 생각 외로 점성이 있어 입안 점막에 끈적하니 들러붙으며 흡수되었다. 효과는 즉각적이었다. 옥상 문이 열리자마자 나는 환호했다.

"대박! 할아버지, 제 눈에 보이는 거 진짜예요?"

초록색 우레탄 방수 시공을 한 옥상 바닥에는 거대한 마법진이 영롱한 빛을 발하며 떠 있었다. 조심스레 손을 뻗자 경계면이 일그러지면서 자잘한 불꽃들이 튀었다. 마법진 너머로 얼핏 보이는 것은 푸른 하늘과 솜털 같은 구름이었다.

"제대로 내 소개를 하지. 난 옥스타닌이라 불리우는 세계의 대마법사 빌비도라 하네. 우리 세계에 있는 차원의 서 '엘하키'의 마법을 구사해 만든 마법진 '이터너티 휠'로 대한민국 서울에 왔다. 의심받지 않기 위해 병원 용역 청소부로 위장했지. 내가 여기 온 건 단순히 궁금하거나 놀러 온 게 아니란다. 적임자를 찾기 위해서야."

"적, 적임자요?"

"그래. 각각의 다른 차원은 서로 균형을 맞추며 살아가고 있지. 세계마다 고유한 시간과 공간으로 이뤄져 있단다. 그런데 내 세계에 있던 흑의 마법사 '외질코프'가 사악한 목적으로 균형을 깨뜨리려고 여기로 넘어왔지. 난 그를 막으러 왔고. 각 세계의 붕괴를 막으려면 우리 세계에서 두 명이 넘어온 만큼 여기서도 그곳으로 두 명이 보내져야 해. 자세한 것은 차차 알게 될 거야. 그리고 그 적임자는 바로 너다, 한치열."

"제, 제가요?"

할아버지, 아니 대마법사 빌비도가 고개를 끄덕였다.

"넌 그의 영혼으로 지금 세계에 태어났어. 길게 설명할 시간이 없다. 탕기누스 산에 너를 도와줄 이가 있어. 이거 받아라. 다시 들어갈 때 마법진을 통과하려면 필요하니까."

할아버지가 손바닥에 쥐여 준 건 옥상 열쇠였다.

"잘 지녀라. 나중에 보자꾸나. 여기 일을 마치는 대로 곧 따라

가마."

빌비도가 내 가슴팍을 부드럽게 떠밀었다.

"으악! 저긴 공중이라고요!"

걷잡을 수 없는 속도로 추락하며 나는 기절했다.

"정신이 들어?"

속삭이는 목소리가 어슴푸레 잠이 든 나를 깨웠다. 초점이 점점 또렷이 돌아오면서 하늘을 향해 솟아 있는 뾰족한 귀가 보였다. 그리고 굼실거리며 파도치는 아름다운 은백색의 머리칼, 정신이 번쩍 들 만한 매혹적인 이목구비가 차차 눈에 들어왔다. 즉각적으로 엘프 종족이라는 걸 눈치챘다. 검댕 얼룩과 상처로 얼굴이 만신창이였지만 진줏빛 광채의 아름다움이 그 모든 걸 덮었다. 무슨 사연이 있는 건지 옷차림 또한 남루했지만 그럼에도 불구하고 엘프다운 기품과 용맹이 흘러넘쳤다.

"쉿! 엎드려. 뒤에서 추격자들이 쫓아오고 있어."

"여긴 어디지? 나 떨어지면서 기절했던 것 같은데."

"저기 거대 나무 보이지? 가지에 걸렸으니 망정이야. 내가 발견해서 널 내렸어. 어젯밤 꿈에 하늘에서 뚝 떨어져 내 앞에 나타날 거라 하더니 그게 너였군. 잘 부탁해, 난 피어리."

나는 얼떨결에 엘프가 내민 손을 맞잡았다. 피어리와의 첫 만남이었다.

피어리와 탕기누스 산을 벗어나 마을로 들어섰을 때 이상한 일이 벌어졌다. 가는 곳마다 마을 사람들이 나를 '황야의 늑대, 펜칼'이라 부르는 것이었다. 놀라움과 경외가 담긴 부담스러운 시선이 따라다녔다. 골똘한 표정으로 있던 피어리가 손가락을 튕겼다.

"펜칼, 펜칼…… 어쩐지 익숙하다 했더니! 인간 중 가장 뛰어난 전사잖아! 나 모르겠어? 바틀렛 백작의 연회장에서 본 적 있잖아. 내가 미남만 기억할 줄 알아서 전혀 몰랐네. 전사로서의 명성에는 걸맞지 않게 워낙 희미하게 생긴 이목구비라서 떠올리는 데 한참 걸렸잖아."

"미안하군, 밋밋한 얼굴이라…… 그런데 말이야, 난 황야의 늑대도 펜칼도 아니고 서울 오목교에 사는 한치열이라고! 이세계는 오늘 처음 와 봤고."

불현듯 병원 옥상에서 빌비도가 한 말이 머릿속을 번쩍 스쳤다.

"그때 그의 영혼, 세계에 태어났고 어쩌고 한 얘기가 이거였나?"

"말을 좀 조리 있게 해 봐. 영혼이 뭐 어째?"

"아, 아니야. 차차 알게 되겠지. 그 펜칼이라는 사람이 나랑 닮았어?"

"내 기억을 더듬어 보면 펜칼의 생김새는…… 그냥 너야. 항간에 죽었다는 소문이 있었어. 사람들은 네가 살아 돌아온 펜칼인 줄 알 거야."

"그런데 내가 살던 세계로 대마법사 둘이 왔으니 나 말고도 또 다른 한 명이 여기로 왔다는 얘기가 될 텐데. 넌 누군지 알아?"

"나도 몰라. 아마 곧 만나게 되지 않을까?"

빌비도를 만나면 물어보고 싶은 게 한가득이었다. 백혈병으로 투병 중인 내가 이세계에선 이름을 날리는 전사라니. 아무튼 이곳에 온 이유가 이로써 선명해졌다. 펜칼과 빌비도의 존재를 찾아야 했다.

나중에 들은 얘기지만, 피어리는 오랫동안 귀족의 노리개로 감금당했다고 했다. 마법 결계가 걸린 커다란 새장에서 비참한 생활을 하다가 겨우 도망쳤고 추격자들을 따돌리며 죽을 고생을 하다 나를 만났다고 했다. 오랜 감금으로 주눅이 들 법도 했으나, 끔찍한 기억마저도 농담으로 소비하는 낙천적이고 쾌활한 성격은 나를 외려 당황하게 했다.

피어리는 최고의 파티 동료였다. 지지 않고 못 배기는 성격과 기민한 판단력은 피어리의 능력치를 나날이 향상시켰다. 절체절명 위기의 순간마다 목숨을 부지할 수 있었던 건, 피어리의 강인한 생존 본능 덕분이라 해도 과언이 아니었다. 판타지 소설에서 보았던 우아하고 아름다운 엘프의 이미지를 피어리는 단박에 바꿔 놓았다.

나 또한 처음엔 검을 잡는 게 영 어색한 풋내기 전사였지만 온갖 마물들을 만나 싸우면서 빠른 속도로 레벨 업을 해 나갔다. '최고의 전사 펜칼=나'라는 마인드 컨트롤 때문인지 잃었던 감각들이 빠르게 내 안으로 흘러드는 것 같은 착각이 들 지경이 었다. 우리는 가끔 처음 만났을 때를 회상하며 감사함을 느꼈다.

"내가 그 망할 귀족에게 잡히지 않았다면, 지금의 나는 아마도 없었을 거야. 그 고마운 개자식 덕분에 살아남는 법 하나는 기막히게 습득했으니."

반인반마의 야만인이라 불리며 북쪽 통곡협곡에 살던 바바리안족 피그리스까지 합류해 우리 파티의 명성이 조금씩 알려질 무렵이었다.

"나 빌비도를 봤어. 내가 마을을 떠나기 전 '안티타카 통곡의 벽'에서. 무슨 연유에선지 모르겠지만 빌비도가 다녀간 이후로 그곳에 있던 화이트 드래곤도 자취를 감췄어."

피그리스의 말마따나 화이트 드래곤은 고르키오 영주의 보물인 차원의 서 '엘하키'를 훔쳐 파랑의 계곡으로 달아난 터였다. 그곳에 가면 여기에 보내진 자초지종을 조금이나마 짐작할 수 있을지 모른다. 그리하여 우리는 항로를 이곳으로 결정하게 되었다. 잔뼈 굵은 마물 헌터들도 기피하는 파랑의 계곡 던전에 온 지도 어느덧 5일째였다. 곧장 걷던 피어리가 걸음을 우뚝 멈쳐 섰다.

"전방에 뭔가 있어. 지금까지 싸웠던 녀석들과는 차원이 다른 적이야. 다들 긴장해."

그러고 보니 사방의 벽들에서 나온 깨진 파편들이 바닥에 흩뿌려져 있었다. 우리 셋은 앞뒤 좌우로 등을 돌려 경계 태세를 갖췄다. 바닥에서 희미한 진동이 느껴졌다. 진동의 세기는 점점 커졌다.

"2시 방향이야!"

피그리스가 외쳤다. 과연 이제껏 본 적 없는 크기의 레드 드래곤이 성큼 다가오고 있었다.

"펜칼, 내가 폭렬 마법으로 놈의 주의를 끌 동안 넌 왼쪽 탑으로 이동해! 목에 있는 역린을 한 방에 찔러! 피그리스는 놈의 배를 공격해. 두 군데를 동시에 노리면 놈이 주춤할 거야."

"좋아. 시간 좀 끌어 줘."

나는 탑의 계단으로 뛰어갔다. 상당수가 부서져 있어서 조심히, 하지만 빠르게 발을 디뎌야 했다. 펑 하는 폭렬 마법의 불꽃 소리가 바깥에서부터 들려왔다. 드래곤이 신경질적으로 고함을 지르며 몸을 뒤틀었다. 그 탓에 천장이 무너지면서 건물 곳곳에 돌 먼지가 뿌옇게 일었다. 조금이라도 지체했다간 이 탑도 가루가 될 것이다. 서둘러 꼭대기에 도착해서 창에 한쪽 발을 디뎠다. 드래곤의 육중한 발이 피그리스를 짓눌러 터뜨리기 직전이었다. 피그리스가 간발의 차로 몸을 빙글 돌려서는 방패 뒤로 빠르게 몸을 옹송그렸다. 바바리안 족의 방패는 드래곤의 화염에도 끄떡없는 견고한 내구성을 자랑한다. 방패의 명성대로 피그리스는 무사했다. 드래곤이 다시 화염을 뿜어 내기까지는 어느 정도 시간이 소요된다. 그 말은 우리가 반격할 차례라는 뜻이었다. 피그리스의 잘 벼려 놓은 도끼날이 드래곤의 발가락을 단번에 찍어 내렸다.

"펜칼, 지금이야!"

"알았어, 내게 맡겨!"

놈의 머리를 향해 날았다. 발가락에서부터 시작된 고통으로 드래곤이 넌더리를 치며 입을 쩍 벌렸다. 촘촘하게 박힌 날카로운 이빨을 보니 정신이 아찔했다. 이빨에 부딪혀서 칼날이 퉁겨졌다. 미끄러졌지만 반동으로 아슬아슬하게 뿔을 잡았다. 하마터면 손도 제대로 못 써 보고 먹힐 뻔했다.

"조심해, 펜칼! 상처를 입은 터라 놈이 더 날뛸 거야!"

"나도 알아! 근데 말처럼 쉽지가 않아."

왼쪽 팔뚝에 있는 히든 블레이드의 날을 세웠다. 만년산 꼭대기에서 타오르는 불로 녹여 만든 칼날은 드래곤의 비늘에도 흠집을 낼 수 있다. 성가시게 하는 날 떨어뜨리려고 고개를 거칠게 흔드는 찰나, 놈의 콧구멍에 히든 블레이드를 깊숙이 찔렀다. 고막을 찢을 듯 놈이 울부짖었다. 두려움과 흥분으로 심장이 펄

떡였다. 놈이 제 입가에 가닿은 내 다리를 베어 물으려고 야단 법석을 부렸다. 드래곤을 죽이느냐, 드래곤에게 먹히느냐의 기로에 서 있었다.

"모벨로프, 판초베키히나!"

피어리가 폭렬 마법 주문을 외우자, 드래곤의 상처 난 발가락에 연달아 불꽃들이 터졌다.

"잘했어, 피어리! 어, 어!"

드래곤이 중심을 잃고 스러지면서, 내 몸도 한쪽으로 기우뚱 쏠렸다. 몸의 균형이 깨지면서 데몬 슬레이어를 놓치고 말았다. 당황해서 허둥거리는 걸 교활한 놈이 놓칠 리 없었다. 신속하게 날 낚아채 떡하니 벌린 입안으로 던졌다. 발톱 사이에 완전히 눌려 있어 저항 한번 할 수 없었다. 순식간에 벌어진 일이었다.

"펜카알!"

피어리의 처절한 절규가 놈의 축축한 동굴에 부딪히며 사방으로 흩어졌다. 가슴이 뻐근해지도록 소리를 외쳤지만 단단한 벽이 가로막았다. 아직 숨이 붙어 있는 살덩이를 먹기 위해 혀가 거칠게 울렁거렸다. 머릿속이 새하얘진 내 앞에는 짙은 어둠만이 펼쳐졌다.

얼마나 잔 걸까. 새벽까지 작업하고 그 자리에서 쓰러져 잔 것까지는 기억이 난다. 시계를 확인하니 9시였다.

골수 이식을 받고 합병증으로 고생한 지 몇 개월이 흘렀다. 남의 골수를 이식받고 생착하는 과정에서 거부반응이 일어났다. 그 여파로 장까지 망가지고 하루에도 몇 번씩 천당과 지옥을 왔다 갔다 해야 했다. 모든 게 절망적인 상황에서도 날 버티게 해 준 건 다시 이세계로 가기 위한 희망 때문이었다. 나는 고통 속에서 소중한 희망이 무너지지 않게 온 힘을 다해 견뎠다.

지난 검진 때 담당 의사 선생님이 혈소판을 비롯한 대부분의 수치가 호전되었다고 기뻐했다. 덧붙여 완치 햇수인 5년이 된 건 아니니 무리하지 말라고 하셨지만 결국 이렇게 되어 버렸다. 이왕 이렇게 된 김에 반응이나 살펴봐야겠다.

작가의 말 – 안녕하세요? 펜칼입니다. 작품 올린 지 한 달 정도밖에 안 되었는데, 반응이 정말 뜨거워서 놀랐습니다!

몇 달 전 겪었던 파랑의 계곡 던전 일이 꼭 어제처럼 생생하네요. 저번 에피소드인 환각 때 나왔던 체육 선생님을 궁금해하시는 분들이 계시네요. 왜 그런 궁금증을 갖고 계신지는 모르겠으나^^;; 요즘은 잠잠하세요. 선생님께서 모욕적인 발언으로 학생을 야단치는 동영상을 찍어서 누군가 교육청에 신고했거든요. 이참에 부디 좀 달라지셔서 날개라는 오명을 떼어내셨으면 좋겠는데 말이죠. ^^

댓글마다 일일이 답글을 달진 못해도 하나하나 꼼꼼히 읽고 있습니다. 감사합니다!

불과 몇 시간 전에 올렸는데, 작가의 말 아래로 달린 글은 50개를 훌쩍 넘고 있었다. 추천 수도 저번보다 200명가량 늘었다. 자, 그럼 줄줄이 달린 댓글들을 확인해 볼까.

    ㄴ덩기덕쿵더쿠   이 작가는 처음부터 끝까지 일관적으로 자기가 펜칼이라 그러네. 하여튼 보기 드문 컨셉충이지만 재밌어서 참습니다. 다음 회도 잘 부탁해, 펜칼!

    ㄴ이바닥호구   피그리스 좋아하는데 이번 분량 실합니까.ㅜㅜ 피그리스를 소처럼 일 시켜라!

    ㄴ도라에몽지갑   정주행하느라 코인 질렀더니 텅장 됐네요. 제 걱정 마시고 그저 사는 동안 많이 쓰시고 많이 버십쇼.

    ㄴ홀앙희언니   참말로 엔딩 장인이여. 스릴 쩔! 담 회는 드래곤 배 속에서 기어 나오겠죠?

기쁨을 감추지 못한 나의 입꼬리가 슬며시 올라갔다.

얼마 전부터 나는 웹 소설을 연재 중이다. 제목은 '이세계의 펜칼은 현재진행형'으로 작가 네임도 펜칼이라고 지었다. 이세계의 칼이, 현실 세계에서는 펜이 된 것 같은 뉘앙스도 마음에 들어 그대로 가져다 썼다.

투병 중에 틈틈이 기억을 더듬으며 썼던 것들을 천천히 올려놓고 있다. 물론 기억은 퇴화하기 마련이라 살을 붙이느라 된통

고생했다. 아직 백혈병도 완치된 게 아니라서 여전히 불안은 머릿속을 파고들어 온다. 행여나 연재를 못 마칠 수도 있다는 나쁜 가능성도 날 호시탐탐 노리고 있다.

하지만 이루고자 하는 목표가 생겨선지 험난한 투병 길을 무사히 끝내고야 말겠다는 다짐이 생겼다. 이세계의 듬직한 동료들을 대신해 응원해 주는 독자들이 있어서 힘이 된다. 늘 보기만 하던 독자에서 직접 쓰는 작가가 된 기분은 솔직히 좀 황홀하다. 독자들이 주는 관심이 치료 약이자 무기라고 생각하며 하루하루를 이겨 내는 중이다.

줄기차게 작품 속의 펜칼이 실제 나라고 말해도 물론 아무도 믿지 않는다. 언제가 될진 모르지만 완치 판정을 받는 날 백혈병 환우였다는 사실도 고백할 생각이다. 이세계에서의 한 달이 이곳에서는 한 시간뿐이라면 어떻게 나올지. 또 반대로 현실 세계의 한 달이 그곳에서는 고작 5분에 해당한다면 시간 개념이 순 엉터리라는 조롱을 감수해야 할지도 모른다. 내가 겪은 모든 일을 오타쿠의 지독한 망상이라며 손가락질하고 비아냥거리는 사람도 있을 것이다.

이해한다. 당연한 반응이다. 나도 내가 겪지 않았다면 믿지 않았을 것이다. 사람은 누구나 자신이 아는 것만큼, 경험한 것만큼만 믿으려는 경향이 있다. 시간이 지날수록 그 일이 사실인지 아닌지를 증명할 필요가 없다는 걸 깨달았다. 그렇게 마음을 먹으니 글이 술술 써졌다. 처음에 맞춤법을 일일이 지적하는 사람, 개연성이 부족하다는 사람, 설정이 클리셰라는 사람들이 이제는 조금씩 재미있다는 칭찬을 써 주기 시작했다. 무료하고 지루하고 슬프고 답답한 시간을 잠시 잊고 달래 줄 심심풀이 땅콩 같은 이야기, 그거 하나면 충분했다.

오늘 나는 다시 이세계에 들어가기로 했다. 그동안 힘을 냈던 나 자신이 자랑스럽다. 이번에는 증거물로 화이트 드래곤의 비늘이라도 가지고 돌아올까 생각 중이다. 이걸 보여 주면 또 조작했다고 뭐라고 그러려나?

아직 답을 구하지 못한 일이 수두룩하지만 나를 기다리는 동료들이 있다. 이세계의 일들은 현실 세계의 근사한 이야기가 될 것이다. 나의 세계는 좀 별나고 여전히 현재진행형이다. 남자가 칼을 뽑았으면 적어도 결말까지는 달려가 봐야 하지 않을까? 끝날 때까지 끝난 건 아니니까. 주머니 속의 열쇠를 꺼냈다. 황야의 늑대로 돌아갈 시간이다.

레테의 파수꾼

*

뺨에 어린 미약한 통증을 느끼며 비온은 초조하게 브로커를 기다렸다.

"누가 군인 아버지 아니랄까 봐……."

맞은 지 한참이 지났는데 아직도 뺨이 욱신거렸다. 주변을 빙 둘러봤다. 하나같이 신중하고 긴장된 눈빛으로 대화를 나누고 있었다. 아까부터 카페 주인의 눈초리가 예사롭지 않았다. 비온은 뻣뻣한 자세로 애써 시선을 외면했다. 까다로운 단속을 피하고자 언더그라운드의 위치는 자주 바뀌었는데 오늘은 바로 이 카페였다. 경쾌한 재즈 음악이 흘렀지만, 내부는 모종의 긴장감이 팽팽했다. 다크웹에서 우연히 알게 된 디아스포라 챗방을 혹시나 해서 가입한 게 이렇게 요긴할 줄은 미처 몰랐다.

싸그 강제 차출까지 일주일여 남은 상황이었다. 복잡한 마음을 정리할 겸 타키움 언덕을 찾은 게 불과 몇 시간 전이었다. 겨우 진정시키고 돌아온 비온은 그동안 그린 그림들이 갈가리 찢어져 뒹구는 방을 마주해야 했다. 물감 튜브가 발에 눌려 붉은 색을 토해 내자 피가 거꾸로 솟는 기분이었다. 간신히 지탱하던 이성의 끈은 툭 끊어지고 말았다. 뒤에서 비아냥대는 아버지의 냉소를 참지 못하고 말다툼이 벌어졌다. 정신 차리라는 폭언과 함께 뺨까지 맞자, 이 감옥 같은 집에서 떠날 때가 왔다는 생각 밖에는 들지 않았다. 닥치는 대로 짐을 챙겨 집을 나왔다. 길게 고민할 필요는 없었다. 동니르로 갈 심산이었다.

처음 올리버와 타키움 언덕을 발견하고는 얼마나 기뻤는지 모른다. 번잡한 센텀피스 외곽 언덕 너머는 중립 경계지인 동 니르가 있었다. 이곳에서 거주는 원칙적으로 불가였지만 단속 을 피해 갈 곳 없는 히피와 무정부주의자들이 어울려 살곤 했 다. 비온의 아버지는 그들을 세금이나 좀먹는 벌레라며 경멸 했다. 슐라비의 행정부 싸그(SSAG-Schlabi Space Administration Government) 차관다운 언행이었지만, 비온은 남몰래 동니르에 대한 환상을 키워 갔다.

지구의 약 1/4 크기인 슐라비는 자원이 턱없이 부족했기에 열여덟 살이 되면 행성 법에 따라 각각 필요한 산업 인력으로 소속되었다. 싸그 같은 수뇌부 상위 계층이 자원 정책을 주도했 고, 비온같이 높은 직급의 부모를 둔 아이들은 고스란히 요직을 대물림받았다. 척박한 환경을 개발한다는 명목하에 싸그가 벌 이는 일련의 일들은 다소 폭력적이었다. 겉으로는 두 종족의 평화와 공존을 모색하는 것 같았지만 속내는 조금 달랐다.

지구인들은 하루에 소모하는 필수 자원을 획득하고자 기존 원주민인 미시외인에게 가해지는 불평등을 합리화했다. 상위 계층이라면 눈치껏 알고 있는 사실이었다. 스스럼없이 악행에 동참하겠다는 아이들을 보며 비온은 염증을 느꼈고, 그런 와중에 올리버를 만났다. 각각 화가와 언어학자를 꿈꾸던 별종들은 죽이 잘 맞았다. 부모에게 아양 떠는 애완견이 되느니 동니르를 떠도는 유기견이 되는 게 훨씬 좋다던 올리버가 떠올라 비온은 쓸쓸하게 웃었다.

약속된 시간이 지나자 낭패감에 가슴이 서늘하게 젖어 들었다. 다행히 시계를 열 번째 들여다볼 때쯤 이마에 굵은 땀방울을 매단 브로커가 헐레벌떡 들어왔다. 장갑 긴 손으로 점퍼를 펄럭이자 시큰한 땀 냄새가 물씬 풍겼다. 막 밀입국을 도와주다 배에 구멍이 날 뻔했다며 능청스럽게 구는 모습에 비온은 나지막이 안도의 한숨을 쉬었다.

"정말 문제없이 넘을 수 있죠? 붙잡히면 싸그에 계신 아버지가 어디 한 곳 부러뜨려서 정신병원에 감금시킬 수도 있어요."

"그런 유복한 도련님께서 대체 고생길이 빤한 동니르에는 왜 가려고 한담?"

'유복한 도련님'이라는 단어가 마뜩잖아서 비온은 브로커를 힐끔 올려다봤다. 싸그에 가기 싫어서 가출했다고 하면 세상 물정 모르는 애송이 취급을 당할 것 같았다.

"제가 어떤 상황에 놓였는지 전혀 모르시잖아요. 꼭 가야 할 피치 못할 사정이라 해 두죠."

"그러시구면. 서둘러 가 봅시다."

밖에는 군수 차량으로 위장한 로버가 대기 중이었다. 브로커와 대화를 나누고 싶지 않아서 비온은 줄곧 침묵했다. 긴장도 잠시, 거리를 지나는 사람들의 경직된 얼굴을 보니 왠지 모를 우월감이 솟구쳤다. 낯선 곳을 앞둔 떨림이 손끝으로 전해졌다. 어느덧 저만치에 검문소가 보이자 비온의 어깨에 잔뜩 힘이 들어갔다. 염려와는 달리 간단히 차량번호를 스캔한 후에 문이 열렸다.

"댁이 준 돈 일부가 이 검문소 문지기 양반 눈 가리는 데 쓰이지."

차는 조금 가다가 다시 멈췄다.

"여기서부턴 걸어가야 하니 내리시오. 이 스텔스 슈트를 입으면 안쪽의 디스플레이를 통해 전방을 확인할 수 있소. 적외선까지 차단하니 도피하기에 이만한 아이템이 없지."

안보상 이유로 전면 금지된 스텔스 슈트를 보니 사기꾼 같던 작자가 새삼 믿음직스러웠다. 눈앞에서 감쪽같이 사라진 브로커를 보고 비온도 황급히 옷을 꿰입었다. 머리까지 완전히 덮자 없던 폐소 공포증도 생길 것 같았지만 숨 쉬는 데는 지장 없었다. 스피커에서 나오는 브로커의 목소리를 따라서 움직였다. 들숨과 날숨을 동반한 흥분이 슈트 안에 가득 찼다. 금단의 땅에 닿는다는 쾌감의 기쁨도 잠시, 갑자기 윙 하는 경보음이 들렸다.

"이런 망할! 전에 입은 새끼가 슈트를 찢어 놓았어. 얼른 숨어!"

브로커에게 팔이 끌린 채 달려가자 화면이 마구 요동쳐서 멀미가 날 것 같았다. 브로커가 미리 준비한 비밀 구덩이에 비온은 저항도 못 하고 떨어졌다.

"여기서 나오지 마. 내가 다시 신호 보낼 때까지."

예의를 차리던 말투가 급변했다. 그저 덫에 걸린 짐승처럼 브로커의 그림자를 우러러볼 수밖에 없었다. 뚜껑을 덮으려 하자 조바심이 밀려왔다.

"아니 그것까지 덮는 건 좀⋯⋯."

브로커가 장갑을 벗자 크롬 관절로 이루어진 손가락이 드러났다.

"나처럼 쇳덩이 팔 차기 싫으면 쥐 죽은 듯 가만히 있어."

실금 같은 얄팍한 틈만 남기고 뚜껑이 덮였다. 지독한 어둠 속에서 손을 깍지 낀 채 웅크렸다. 모든 게 수포로 돌아갈까 봐 두려웠다. 호흡을 가다듬으며 진정하려 했지만 자꾸 부정적인 망상이 떠올랐다. 그림 나부랭이나 그리는 나약한 새끼라고 고함치던 아버지가 꼴좋다며 비웃었다. 질식할 것 같은 피로감을 피해 도망쳤더니, 이제는 정말 질식할 수도 있겠다는 공포가 말초 신경을 자극했다.

한참이 흘렀는데도 사위는 여전히 고요했다. 다리도 저리고 배도 고팠다. 구덩이에서 미친 채 굶어 죽느니 총살당하더라도 바깥에서 죽는 게 낫지 싶었다. 손끝이 뚜껑에 겨우 닿을락 말락 했다. 희망적인 건 슐라비의 중력은 지구의 40퍼센트에 지나지 않는다는 사실이었다. 바닥을 차오르며 밀자 덜커덕거리며 뚜껑이 밀려났다. 의외로 쉽게 빠져나올 수 있었다. 어딘가에 매복한 경비가 있진 않을까 심장이 두근거렸지만 위험한 건 끝내 아무것도 없었다.

"멍청하긴! 사기꾼한테 보기 좋게 속았어."

세 치 혀에 놀아난 게 분했으나 화를 낼 시간도 아까웠다. 별 탈 없이 살아 나온 걸 위안 삼자며 걸음을 재촉했다.

희미한 달빛 아래 험준한 산세의 암석 산이 보였다. 아찔한 낭떠러지 아래로 돌멩이들이 굴러떨어졌다. 무신경함은 곧 죽음을 의미했다. 비온은 놀란 가슴을 쓸어내리며 천천히 앞으로 나아갔다.

슐라비의 자전 주기는 5일로, 해가 뜨려면 아직도 이틀을 더 기다려야 했다. 어두워진 밤을 틈타 가출한 후 한숨도 자지 못한 피곤함에 몸이 자꾸 휘청거렸다. 이윽고 두 갈래 길이 나왔다. 경사면 왼쪽은 큰 덩어리의 암석 무더기가, 오른쪽에는 잡목

들이 얼기설기 쌓여 있었다. 고민 끝에 오른쪽 길로 들어섰다.

비탈을 부드럽게 뒤덮은 각종 이끼류, 생선 가시 같은 얄팍한 가지를 너울대는 길쭉한 나무들이 흔들렸다. 땅에 뿌리를 내리지 않고 떠다니는 발광체의 식물들까지……. 슐라비 특유의 식물들이 어두운 하늘을 밝히는 별처럼 어우러져서 무척 근사했다. 고대 지구의 1/3분 수준의 저중력과 두꺼운 공기층으로 이루어진 슐라비의 독특한 생태환경 덕분이었다. 마치 아름다운 풍경화 속에 들어온 기분이었다. 식인식물 알킨토스가 호흡 속 이산화탄소를 맡고 따라온 것도 눈치 못 챌 만큼 비온은 시각적인 감동에 흠뻑 빠져 있었다. 산성액이 부글대는 거대한 트랩에 소스라치게 놀랐지만 이미 발목에 덩굴이 감긴 후였다. 알킨토스가 트랩을 쩍 벌리자 단백질 썩는 악취가 풍겼다. 비온은 주먹을 휘두르며 필사적으로 몸부림을 쳤다.

"으악! 이거 놔! 당장 놓으라고!"

단말마의 비명이 허공을 갈랐다. 덩굴에 스민 끈끈한 체액에 바지에는 구멍과 함께 연기가 피어올랐다. 젖 먹던 힘을 다해 물어뜯자, 알킨토스가 고통스러운 신음과 함께 비온을 집어던졌다. 내동댕이쳐진 비온은 산비탈 아래로 굴렀다. 뼈마디가 욱신거렸고 피부는 쓰라렸다. 땅바닥에 거꾸로 처박혔지만, 다행히 숨은 쉬어졌다. 일어나서 주변을 둘러보자 쭈뼛하게 돋아난 은빛 지붕이 눈에 들어왔다. 벙커였다.

낡고 허름한 외관에 머뭇거리는데 홍채 인식 레이저가 작동되면서 문이 열렸다. 함정이 아닐까 두려웠지만 각종 위험이 도사리는 숲에서 밤을 보낼 배짱도 없었다. 조심스레 안으로 들어섰다. 미약한 온기와 더불어 사람이 사는 곳임을 증명하는 세간들이 보였다.

빛의 알갱이로 바닥이 은은하게 빛났다. 자세히 보니 실오라기들이 떨어져 있었다. 광섬유보다 훨씬 오묘한 빛깔로, 굵기는 무척 가느다랗고 끝부분에는 섬세한 갈고리가 달려 있었다. 빛을 머금고 반짝이는 게 얼핏 바닷가의 윤슬 같았다. 벽면에는 알 수 없는 글귀와 추상적인 그림 따위가 붙어 있었는데 하나같이 손바닥 크기도 안 되는 작은 것들이었다. 흥미로웠으나 거대한 해일처럼 삼키려 드는 피곤 앞에서 집중하기란 여간 어려운 일이 아니었다. 눈이 스르륵 감겼다. 모조리 태워 버리고 남은 잿가루처럼 비온은 바닥에 풀썩 쓰러진 채 잠이 들었다.

희붐하게 진 햇무리가 눈꺼풀을 간질였다. 비온은 제 몸을 덮은 이불의 감촉을 느끼며 잠에서 깨어났다.

"기절하듯 잠들었네. 얼마나 지난 거지?"

해가 뜬 걸 보니 족히 이틀은 지난 듯했다. 머리맡에 막 따 온 신선한 과일과 나무 열매가 수북이 쌓여 있었다. 며칠째 굶주렸더니 뱃가죽이 등에 달라붙을 것 같았다. 염치 불고하고 앉은자리에서 허겁지겁 먹어치웠다. 허기가 좀 가시자 이번엔 씻고 싶었다. 얼마나 거지꼴일지는 몸에서 풍기는 냄새로 알 수 있었다. 씻을 곳을 찾기 위해 일어섰다.

얼핏 봐도 이삼십 명 정도는 너끈히 수용할 크기의 벙커였다. 중앙에서 돌출된 왼쪽으로 따로 조종실이 있었다. 대시 보드를 차지한 헤드업 디스플레이에 운전용 제어반과 내비게이션 컴퓨터가 있는 이동식 벙커였다. 레일건 두세 자루와 방탄용 보호구, 비상 물품까지 갖추고 있었다. 정부를 조롱하는 낙서로 가득한 국기가 벽에 걸린 걸 보니 무정부주의자들이 산다는 벙커인 듯싶었다. 목적지를 제대로 찾은 것 같아 내심 안심이 됐다.

통로의 중간쯤에 식당이, 더 나아가 갈라진 복도 끝에는 방이 하나씩 있었다. 왼쪽 방으로 들어섰다. 가운데 바닥이 비어 있는 느낌이 들었다. 카펫을 들추자 지하로 향하는 계단 문이 있었다. 작지만 은닉까지 고려한 알찬 구조였다. 방 맞은편의 샤워실에서 간단히 씻기로 했다. 얼굴에 와 닿는 차가운 물에 흐리멍덩했던 정신이 차츰 맑아졌다. 거울을 보던 중 비온은 소스라치게 놀랐다.

"으악, 뭐야!"

말로만 듣던 미시외인, 속칭 팅커가 자신을 지그시 바라보고 있었다. 직접 목격한 건 처음이었다. 꼬챙이같이 마른 몸과 창백한 피부가 점멸하면서 눈앞을 환히 밝혔다. 키는 대략 20센티미터 정도로 고작해야 성인 남성의 손바닥 정도 크기였다. 위아래 눈꺼풀을 빠르게 깜빡이자 불거져 나온 겹눈에 아련한 빛 점 수십 개가 맺혔다. 팅커는 어깻죽지에서 매끄럽게 연결된 작은 날개를 쉴 새 없이 퍼덕였다. 날갯짓할 때마다 빛의 입자들이 공기 중으로 퍼졌다.

"진짜 팅커벨 같아…… 예쁘다."

팅커는 알아들을 수 없는 언어를 지껄이면서 다가왔다. 가까워질수록 또렷하게 보이는 게 왠지 모르게 소름이 돋았다. 비온은 주춤거리며 물러섰다.

"페이! 항상 외부인 조심하라고 말했잖아. 그새 까먹었어? 하여간 니들이 이러니깐 멸종 위기에 처한 거야!"

앙칼진 목소리에 고개를 돌렸다. 비슷한 또래로 짐작되는 여자였지만 비호감에 가까운 눈초리에 비온은 기가 꺾였다. 여자가 화를 내자 팅커의 날개가 축 처졌다.

"미, 미안해요. 절벽에서 굴러떨어져서 길을 잃었는데 우연히 벙커를 발견하게 되어서 들어왔어요."

"너무 자서 의식불명인가 싶지 뭐야. 일단 당신만 예외일 수는 없으니깐."

다시 돌아온 여자 손에 비온의 백팩이 들려 있었다. 지퍼를 연 채 거꾸로 뒤집어서 흔들어 대자 소지품이 쏟아져 나왔다. 애지중지하던 드로잉 연필이 똑 부러졌다.

"이런 게 있을 줄 전혀 예상도 못 했네. 미안. 여기 오는 모든 이들이 받는 통과의례야. 양해 부탁해."

말투와 표정은 전혀 미안한 기색이 아니었다. 꼼꼼하게 짐을 뒤지고 감지기 촬영까지 마치자 여자의 딱딱한 표정이 그제야 조금 느슨해졌다.

"뭐, 평범하군. 요즘 세상에 그림 그리는 화가는 또 처음 보네."

"아직 화가까진 아니고. 일단은 취미로……."

"취미로 그림 그리는데 일반인 제한 구역인 이곳까지 온 이유가 뭘까? 미술 도구랑 여벌 옷가지 한 벌만 달랑 갖고 나왔네? 게다가 혼자라. 아무리 봐도 난민은 아닌 것 같은데."

추궁이 담긴 눈빛이었다. 거짓말로 대충 둘러대서 화근을 키우기보다 솔직하게 말하는 편이 낫다는 판단이 섰다.

"이름은 서비온, 나이는 올해 열여덟 살이고 센텀피스에서 왔어요. 아버지가 싸그에 들어가길 강요하는 바람에 집에서 나왔어요. 거기 들어가서 그들과 같은 야만인이 되긴 싫었어요. 그래서 이렇게 동니르로 도망친 거죠."

"나름 정치적인 이유네, 좋아. 며칠 정도 머무르는 건 허락할게. 자유를 찾아 떠난 이들에겐 열려 있는 곳이니깐. 하지만 여긴 잠시 기분전환 하러 들르는 캠핑 장소가 아냐. 빨리 다음 목적지를 정해서 떠나도록 해. 내 이름은 셀라야. 열일곱 살로 너

보다 한 살 어리지만 존대 바랄 생각은 하지도 마. 말은 뭐, 놓든지 말든지."

차분한 암갈색의 고집스러워 보이는 눈매, 의혹에 관해서라면 집요하게 캐물을 것 같은 다부진 입매와 웬만한 위협엔 끄떡도 안 할 것 같은 기세는 여타의 열일곱 살과는 달라 보였다. 그녀가 어떤 환경에서 살아온 건지 호기심이 올라오는 걸 비온은 억누를 수 없었다.

"그럼 편하게 말할게. 지금 여기 있는 인간은 우리가 전부야? 그쪽은 왜 인간도 아닌 팅커랑 같이 살아?"

"멋대로 들어온 주제에 꽤 무례한 질문이네."

"아니, 저…… 그럴 의도는 없었는데 마음 상했다면 사과할게."

"가족들은 삼 년 전 국경선을 넘어오던 중에 죽었어. 그때부터 쭉 나 혼자야."

끔찍한 질문을 던질 걸 깨닫고 당황한 비온을 보며 셀라가 피식 웃었다.

"가끔 피난민들이 찾아와. 지친 모습으로, 때론 무시무시한 모습으로. 바깥세상 돌아가는 얘기도 듣고. 덕분에 심심할 새가 없지. 어차피 사람은 결국 다 혼자잖아. 각자의 삶을 둘러싼 문제를 해결하려 애쓰는 와중에 죽기도 하는 거고."

고독을 견디며 성장한 인간은 이토록 남달라 보이는 걸까. 비온의 의아함은 어느새 존경심으로 바뀌어 있었다.

"동니르엔 친구와 함께 오고 싶었어. 진로 문제로 골머리를 앓고 있는 비슷한 처지였거든. 그 녀석은 나와 달리 똑똑했는데 팅커 언어도 구사할 줄 알았어. 여기 왔다면 그쪽과는 말이 잘 통했을 거야."

"그래? 친구는 지금 어디 있는데?"

"나도 몰라. 말도 없이 어느 날 훌쩍 사라졌으니."

올리버와 그의 아버지는 동상이몽을 꾸고 있었다. 올리버가 자신의 뒤를 이어 테라포밍 연구자가 될 거란 예상은 보기 좋게 빗나갔고, 부자간의 골은 나날이 깊어졌다. 돌아가신 어머니가 언어학자라 그런지 올리버 역시 언어 습득에 탁월한 감각을 자랑했다. 타키움 언덕의 타키움이 고요함을 일컫는 라틴어 타키툼과 비슷하다고 알려준 것도 그였다. 올리버는 슐라비 지명 중 일부가 고대 지구 언어와 유사하다며 천진하게 웃곤 했었다. 어머니의 빈자리에 대한 자격지심인지, 아버지가 점점 더 엄격하게 통제하려 한다며 올리버는 비온에게 답답함을 자주 호소했다. 팅커들의 언어가 가진 독특한 확장성과 추상성을 연구하고 싶어 했지만, 아버지가 반대할 건 불 보듯 뻔했다. 갈등이 깊어질 때면 올리버는 어머니의 유품인 반지를 빙빙 돌리며 생각에 잠겼다.

최근 둘은 각자의 부모님을 설득하느라 잠시 떨어져 지내기로 했다. 며칠째 연락이 안 되는 올리버가 염려되어 만나러 갔지만 헛수고였다. 여행을 갔다며 탐탁지 않은 얼굴로 말하는 그의 아버지에게, 비온은 차마 언제 오느냐고 묻지 못했다. 오랜만에 올리버 이야기를 꺼내자 잊고 있던 허전함이 썰물처럼 밀려들었다.

셸라는 매일 정찰을 나갔다. 도움이 필요한 난민들을 직접 구조하기 위함도 있었지만, 위치가 노출되지 않게 주변을 살피는 일을 게을리할 수 없다고 했다. 정부나 난민이나 서로의 적진에 끄나풀을 심은 터라 경계를 늦추면 발각되기 십상이었다. 비온이 따라가겠다 했지만, 셸라는 너도 아직 의심 대상이니 어림없는 소리 말라며 단칼에 거절했다.

무료하기도 하고 마땅히 할 일도 없어 비온은 다음 목적지를 살피려고 맵을 켰다. 딱히 구미가 당기는 곳이 없었다. 그도 그럴 것이 충동적인 도피였기 때문이었다. 설령 괜찮아 보이더라도 온갖 근심과 두려움이 대뜸 반기를 들었다. 혼자서는 어딜가 본 적이 없는 게 문제였다. 오전 내내 이 문제로 신경을 쓰니 골치가 아팠다.

스트레칭이라도 할 겸 의자에 앉아 붙인 몸을 활처럼 꺾는데 뒤편 벽에 붙은 그림이 눈에 들어왔다. 규칙 없이 흩어진 점과 색으로 이루어진 그림이었다. 초점 풀린 눈으로 멍하니 바라보는데 순간 나무가 또렷하게 훅 떠올랐다. 눈앞에 점점 가까워지기까지 해서 흠칫 놀랐지만, 이상하게 빠져들었다.

얄팍한 가지는 팅커들 몸에서 나던 특유의 무지갯빛을 뿜으며 부드럽게 살랑거렸다. 선명했던 나무가 빛의 가루가 되어 사라질 때까지, 비온은 황홀함에 젖은 눈으로 그림을 감상했다. 이런 방식의 표현은 여태껏 본 적이 없었다. 아버지는 입버릇처럼 팅커가 열등한 생명체에 불과하다고 깔아뭉갰지만, 전혀 아니었다. 전율과 흥분의 아드레날린이 솟구쳤다. 집 안 곳곳, 페이의 손길이 묻어나는 미시적인 창조품들을 들여다봤다.

평면 위에 부린 드로잉은 삼차원의 점, 선, 면으로 공중에서 재정립되며 다양하게 변주됐다. 부조와 설치물은 여타의 키네틱 아트와는 다른 동력으로 움직였다. 대담하고 실험적인 움직임에 보기 좋게 허를 찔릴 때마다 비온은 나른한 환시를 겪었다.

작품의 중심마다 태동하는 생명의 기운을 품은 나무가 있었고, 가지마다 팅커를 감싼 얇은 피막이 꽃송이처럼 달려 있었다. 아찔하고 섬세한 가지들이 모세혈관처럼 빼곡하게 이어진 나무는 그 자체만으로 퍽 아름다웠다. 가지는 탯줄이고 나무는 모체였다. 생명에 관한 웅장한 메시지는 감동이었다. 날카로운 통증과도 같은 예민한 감정이 비온을 파고들었다. 인간은 절대로 도달하지 못할 경지에 질투와 동경의 양가감정이 요동쳤다. 그러면서도 한편으로는 묵직한 파장을 일으키는 이 신비한 접촉이 영원히 지속하기를 바랐다. 어떤 작품도 비온에게 이만한 스탕달 신드롬을 선사하진 못했다. 인간의 지식을 비웃는 원시적 순수함으로 무장한 팅커들의 예술에 대해 자세히 알고 싶었다.

"원래 쓰잘데기없는 걸 잘 만드는 종족이야. 끊임없이 쓰레기를 생산하지."

셀라의 입에서 나온 대답은 지극히 냉소적이었다. 이런 아름다운 작품을 쓰레기에 빗대는 건 아니다 싶었다. 자신이 느낀 감정까지 싸구려 취급을 받는 것 같아 화가 났다.

"어떻게 이런 아름다운 작품을 그렇게 매도할 수가 있어? 그림이 나타내는 감정과 풍경, 차원을 넘나드는 전달력까지…… 게다가 모두 하나의 메시지를 명료하게 던지잖아. 인간은 백 년이 넘어도 절대로 흉내 낼 수 없을걸?"

벌겋게 얼굴이 달아올라 흥분한 비온과 달리 셀라는 여전히 회의적인 표정이었다.

"화가 눈엔 그러시겠지만, 나 같은 사람에게는 이런 상황에서 사치일 뿐이야. 매일 아침 눈 뜨고 깨어나는 것도 기적인데 한가하게 예술 타령이나 하면 밥은 누가 먹여 준대?"

익숙한 기시감이 느껴졌다. 예술에 대한 갈망으로 굶주린 자신에게 아버지가 내민 건 한 줄기의 물이 아니라 남은 수분마저 얼어붙게 할 냉기였다.

　"슬프게도 팅커들은 할 줄 아는 게 없어. 상대를 감정 동화 상태로 이끌어서 멸종을 막는 거 외에는 말이야."

　체념 어린 말투에서 팅커가 소극적인 방식으로 생존했음을 어렴풋이 짐작할 뿐이었다. 피폐해진 마음을 예술이 어떻게 위로하는지 설득하고 싶은 욕구가 치밀었지만, 셀라에게는 소모적이고 불필요한 논쟁일 뿐이었다. 비온은 잠시 생각을 가다듬었다. 도움을 받는 처지에 막연히 자기주장만 내세웠다는 깨달음이 들었다.

　"난 이 나이가 될 때까지 센텀피스를 벗어난 적이 없어. 남들이 정치적인 문제로 치열하게 목숨 걸 때도, 난 부끄럽게도 내 욕망만 생각했어. 아버진 그림은 아무런 가치가 없대. 제발 엉뚱한 데 정신 팔지 말고 현실을 좀 돌아보라며 화를 내곤 했지. 하지만 나한테는 이게 전부야. 싸그에 가서 누군가를 쥐어짜고 안락한 생활을 하느니, 이름 없이 살더라도 그림을 그리고 싶었어. 내 그림이 힘든 사람들에게 위로가 되면 좋겠는데 네 말대로 이런 세상에선 한낱 쓰레기에 불과한 걸까?"

　아버지에게 사무치게 묻고 싶었던 말이었는데 이 먼 곳까지 와서 잘 알지도 못하는 이에게 털어놓을 줄은 몰랐다. 한풀이하듯 쏟아 내니 단단했던 응어리가 조금은 말랑말랑해진 것 같았다. 충동적으로 속내를 드러낸 게 창피해서 비온은 바닥에서 시선을 거두지 못했다.

"자신이 뭘 원하고 뭘 하고 싶은지 죽을 때까지 모르는 사람도 있어. 적어도 넌 목표가 뚜렷하잖아. 누군가에게 도움이 되고 싶어 하는 선한 의지도 있고. 깊이 고민했을 텐데 예술에 문외한이라 함부로 말한 거 사과할게. 갑자기 네가 그린 그림 궁금해. 보고 싶다."

상한 기분을 적당히 맞춰 주려는 거짓말은 아닌 듯했다. 진심을 담은 눈빛이 반짝거렸다. 비온은 들뜬 마음으로 드로잉 노트를 가져왔다. 페이지가 넘어갈 때마다 셀라의 입매가 부드러운 곡선을 그렸다.

타키움 언덕에서 바라본 풍경화가 가장 많았다. 빽빽한 콜로니의 센텀피스와 원시림 그대로를 간직한 란커닝이 연결되는 풍경을 한 폭에 담아내면 마음이 따뜻해졌다. 초반에는 어느 쪽으로도 갈피를 못 잡은 자신을 투영하는 심정으로 그렸지만, 점차 두 세계의 평화를 바라는 염원이 담겼다. 똑같은 풍경이지만 상반된 공간이 만드는 이질감이 비온에게 영감을 불러일으켰다. 혼탁한 시대일수록 예술은 치열한 시대정신을 밑거름 삼아 단단해진다는 믿음으로 부단히 창작을 이어 갈 수 있었다.

"그림에 조예가 깊진 않아서 잘은 모르지만 멋지다. 같은 장면이라도 다른 생생함이 깃들어 있는 것 같아. 무엇보다도 자유로움이 느껴져서 좋고."

예상 못 한 칭찬에 비온의 입꼬리가 주체 없이 치솟았다. 올리버를 그린 페이지에서 셀라의 손길이 멈췄다.

"내가 말했던 같이 오고 싶었다던 친구가 얘야. 올리버라고, 팅커에 대해 연구하고 싶어 했어. 행방이 묘연한데, 어쩌면 란커낭 지구로 떠난 건 아닐까 싶어."

셀라가 아랫입술을 지그시 깨물고는 미묘한 표정을 지었다.

"보여 줄 게 있어. 밖으로 같이 나가자."

숲을 지나 도착한 곳에서 비온은 꿈을 꾸는 건가 눈을 의심했다.

"그림 속 나무가 실제로 있다니……."

무지갯빛을 발산하는 구형의 피막이 꼭대기부터 아래까지 주렁주렁 달린 게 크리스마스트리를 연상시켰다. 백옥 같은 흰빛을 발하는 수피와 고고하게 우뚝 선 모습은 꿈결같이 몽롱했다. 손을 대자 말로 표현하기 힘든 따스하고 충만한 기운이 스며들었다. 셀라는 나른한 쾌락에 흐느적거리는 비온을 덤덤히 바라보았다.

"란커낭 지구의 서낭나무는 이보다 더 커. 팅커는 서낭나무에 알을 낳아 번식하고 죽을 때도 알에서 죽어. 다만 평범한 나무도 루트립 껍질이 달리면 이처럼 신비스러운 외형을 지니도록 바뀌지. 이건 죽은 팅커들이 소멸하면서 남긴 껍질이야."

"이게 다 죽은 팅커라고?"

"처음부터 불평등 조약이었어. 센텀피스는 팅커들이 있는 란커낭 지구를 무단으로 점거하고 자원을 채굴했어. 뉴스에선 갈등이 심하지 않은 것처럼 적당히 포장했지만, 실상은 사람들이 알고 있는 것보다 훨씬 심했어. 수천 그루의 서낭나무가 불도저에 쓰러지고 곳곳엔 폭발음이 가득했어. 팅커들은 삶의 터전을 잃었고, 탐사와 채굴을 맡은 많은 하위 계층 사람들이 불구가 되거나 죽었지. 진실이 수면 위로 드러나자 몇몇 시민단체가 일어났고 양심에 가책을 느낀 일부 계층은 국적을 포기하겠다고 선언했어. 체제 붕괴에 두려움을 느낀 정부는 이들을 범법자로 몰아 정치범 수용소에 수감했어. 정부에 불만을 느낀 사람들은 늘어났고 점점 동니르로 몰려들었지. 우리 가족도 그 중 하나였어."

지난 일을 회상하는 셀라의 눈빛은 처연했다. 비온은 착잡한 심정을 금할 길이 없었지만, 이제라도 진실을 알게 되어 다행이라 생각했다.

"이 껍질에 함유된 루트립 입자는 감정 동화력이 무척 뛰어나. 무엇을 원하고 두려워하는지 사람의 뇌파를 읽어서 신경을 마비시켜. 일시적으로 환시와 환각을 일으키지. 아무 힘도 없는 개체가 생존하기 위한 치명적인 미끼이자 독인 거야."

아까부터 셀라가 줄곧 땅만 바라보는 것도 그런 연유에서였다. 비온은 충격으로 몸서리치며 황급히 나무에서 손을 거

두었다.

　"어느 날, 싸그에서 파견 나온 사람이 호기심에 루트립 껍질을 먹었고 곧장 강력한 환각에 빠졌어. 상부의 질책이 두려워 보고하진 않았지만 중독을 막을 순 없었지. 결국 더 큰 쾌락을 얻을 거란 착각에 그는 루트립 껍질을 통째로 삼켜 버렸어. 놀랍게도 그는 팅커로 변했고 마이크로 정찰기는 그걸 고스란히 기록했지. 정부에서 그를 생포해 해부했는데 변이가 아니었어. 유전자 구조까지 완벽한 팅커의 복제 그 자체였지. 거부 반응 없이 지구인에 결합한 거야. 란커낭 지구의 빙토층에서 발굴한 화석에 의하면 팅커의 날개가 지금보다 세 배는 컸대. 지구인들이 적합한 대기환경을 조성하려고 일으킨 혜성과의 인공충돌 후 세대를 거듭하며 날개가 급속히 퇴화했다는 게 연구 결과 밝혀졌어. 번식과 생육에서 놀랍도록 짐승의 감각을 타고난 종족이었다고 할까? 벙커에 왔던 고위급 망명자의 말에 의하면 정부가 이 모든 걸 의도적으로 은폐했대. 한정적 자원으로 애당초 공존은 힘들고, 눈엣가시 같은 인간들이 팅커가 되면 골치 아픈 일을 손가락 하나 까딱하지 않고 처리할 수 있으니깐. 이 나무에 달린 루트립 껍질은 한때 인간이었던 이들의 허물이야."

　비극적 진실이 무색하게 나무는 현란한 아름다움을 자랑했다. 셀라에게 나무는 무덤이나 다름없었을 것이다. 코앞에 죽음이 도사린다는 게 어떤 두려움인지 비온은 헤아릴 수 없었다.

그간 쭉 보여 왔던 무지와 조심성 없는 행동들이 떠올라 얼굴이 화끈거렸다. 누구보다 치열하게 살았을 셸라에게 예술 운운하며 떠들어 댔다니, 민망하기 짝이 없었다. 이미 알고 있었을 아버지까지 떠올리니 현기증이 날 것 같았다. 비온은 아버지처럼 이기적이고 몰염치한 인간이 될 생각은 추호도 없었다.

진실을 공유했다는 유대감 덕분인지, 셸라의 태도는 이후 한결 유연해졌다. 내심 가까워졌다는 느낌에 기쁘기도 했지만, 왠지 모를 부채감이 비온의 마음을 무겁게 했다. 겉으로는 아무렇지 않은 척 혼자 감당하느라 얼마나 힘들고 외로웠을까. 거기까지 생각이 미치자 셸라에게 조금이나마 도움이 되고 싶었다. 급하게 다음 목적지를 결정해야 하는 압박감에서 자유롭고 싶은 마음도 없지 않았다.

"당분간 내가 여기 남아서 널 돕는다면 어떨까?"

"그게 무슨 소리야?"

기뻐하는 것까지는 바라지도 않았다. 처음 본 날처럼 경계하는 눈빛으로 바뀐 셸라를 보자 겨우 낸 용기가 사그라지는 것 같았다.

"너 혼자 벙커를 지키는 것보단 둘이 나을 것 같아서."

"여태껏 나 혼자 잘해 왔는걸? 어느 날 갑자기 너도 팅커로 변해서 여기서 전시회라도 열 생각이니? 미안하지만 사양할게."

"그런 거 아니래도. 난 루트립 껍질 먹을 생각 전혀 없어!"

"과연 그럴까? 다른 사람들도 처음엔 다 그렇게 말했어. 나는 절대 아닐 거라고 착각하지 마. 늘 의심하고 또 의심해. 네가 맞다고 생각한 것조차 말이야. 지금 이 상황을 만든 것도 자기가 한 일이 옳다고 믿는 어른들 때문인걸."

"하지만, 그래도……."

"내가 너에게 진실을 알려준 건 네가 유혹에 넘어갈 것 같아서야. 예술에 대한 네 열정이 정말 진지하게 느껴졌으니깐. 그래서 위험해 보였고."

비온은 고개를 떨궜다. 자신이 건넨 호의를 휴지조각으로 만든 것도 모자라서 믿음직스럽지 못하다는 셀라의 말에 화가 났다.

"사사건건 위험하게 만드는 팅커는 곁에 두면서, 왜 나는 안 돼? 적어도 내가 팅커보다 도움이 될 거라는 생각은 안 드니? 그냥 내가 싫다고 해. 마음에 안 든다고. 차라리 그 말을 믿겠어."

"넌 정말 아무것도 몰라, 아무것도. 귀하게 자란 도련님 티 내는 것도 아니고, 며칠 편하게 지냈더니 떠나기 싫어? 애꿎은 페이는 왜 걸고넘어져? 착각하지 마. 여긴 네 생각처럼 조용하고 평화로운 곳이 아니야. 나 지금 인내심을 담아서 최대한 예의 있게 말하는 거야. 널 친구라고 여긴 내 마음을 배신하지 말고 이제 그만 떠나 주면 좋겠어."

자신을 차갑게 밀어내는 셀라가 비온은 야속했다. 구석에서 꼼지락대며 아무 쓸모도 없는 얇은 그물을 짜는 페이를 보니 울컥 화도 치밀었다. 거절당한 수치심을 견딜 수 없어서 비온은 밖으로 뛰쳐나왔다.

정처 없이 걸었다고 생각했는데 발걸음이 자연스레 루트립 나무로 향하고 있었다. 잊히지 않는 아름다움에 대한 꿈틀대는 욕망에 진한 혐오감을 느꼈다. 셀라에게 본심을 꿰뚫렸다는 걸 인정해야 했다. 동료들이 유혹에 넘어가 팅커로 변하는 충격적인 장면을 몇 번이나 본 걸까. 가슴이 아렸다. 얼마나 속물 같은 말을 뱉은 건지 깨닫자 망치로 머리를 얻어맞은 것 같았다. 그때, 등 뒤에서 인기척이 느껴졌다.

"여기서 사람을 만날 줄이야! 절벽에서 떨어져 발을 삔 것 같소. 나 좀 도와주시오."

피곤으로 찌든 얼굴과 남루한 차림이 난민 같았지만 비온은 긴장을 풀지 않았다.

"나 또한 당신 같은 난민이오. 같이 오던 동료들도 다 죽었소. 제발 부탁이오!"

비온의 마음을 눈치라도 챈 듯 외지인이 호소했다. 도움을 갈구하는 눈빛을 더는 외면할 수 없었다. 확연히 발목이 부어 있었다. 가서 부축하자 외지인이 절뚝거리며 일어섰다.

"정말 고맙소. 이대로 끝이구나 싶었는데, 죽으란 법은 없나 봅니다. 죄송하지만 혹시 먹을 게 있을까요? 꼬박 사흘을 굶었더니 하늘이 노랗게 보이네요."

"여기서 멀지 않은 곳에 벙커가 있으니 조금만 참으세요."

셀라는 또 정찰을 나간 듯 보였다. 페이 홀로 뭔가를 열심히 만들어 내는 중이었다. 급한 대로 식탁에 놓인 과일을 권했다. 부목으로 쓸 것을 찾고 있는데 페이가 비온 앞에 날아들었다. 전파 잡음 같은 목소리가 불안한 기세로 빨라졌다.

"뭐야 페이, 갑자기 왜 그래?"

페이의 겹눈이 확장되면서 붉게 변하는 순간, 날카로운 폭발음에 고막이 멍멍하게 울렸다. 비온의 머리 뒤편 벽에서 연기가 피어올랐다. 페이가 옷깃을 잡아끌지 않았다면 총탄이 머리를 뚫었을 것이다. 비열하게 웃는 외지인 손에 산탄총이 들려 있었다.

"얼른 도망가!"

셀라의 목소리에 비온은 잽싸게 옆으로 몸을 굴렸다. 외지인은 셀라를 강하게 제압하며 엎치락뒤치락 몸싸움을 벌이고 있었다. 비온이 도우려는 찰나, 총성과 함께 셀라의 어깨에서 피가 흘렀다. 고통으로 얼굴을 일그러트리며 셀라가 주저앉았다. 다급해진 비온이 외지인의 무릎을 껴안고 쓰러트렸다. 싸움에 능숙했다면 이런 빈틈을 잘 활용했겠지만, 흔한 주먹다짐 한 번 해 본 적 없는 비온에겐 무리였다. 외지인의 주먹이 얼굴과 배를 정확히 강타했고, 비온의 주먹질은 이렇다 할 위력이 못 되었다. 연이은 타격에 정신이 아득해졌다. 찢어진 이마에서 피가 흘러 시야가 가물가물했다. 연신 몰아붙이던 외지인의 동작이 멈칫하면서 갑자기 픽 고꾸라졌다. 등에 칼이 꽂혀 있었고, 이내 미동 없이 잠잠해졌다. 얼어붙은 비온을 대신해 셀라가 발길질로 시체를 치웠다.

"돈 몇 푼에 같은 난민을 밀고하는 자들도 있어. 이자는 그중 한 사람이고. 내가 늘 의심하라고 한 얘기 이제 이해하겠어?"

셀라의 호흡이 가빴고 안색 또한 창백했다. 움켜잡은 어깨에서 연신 피가 흘러내렸다.

"잠깐, 가만있어 봐. 지혈! 그래 지혈부터 하자. 붕대! 붕대 어디 있어! 빠, 빨리!"

횡설수설하며 허둥대는 비온의 팔을 셀라가 꽉 잡았다.

"호들갑 떨지 말고 밖에 가서 루트립 껍질 조금만 뜯어 와."

비온은 부리나케 루트립 껍질을 가져왔다. 껍질을 어깨에 대자 눈부신 빛과 함께 루트립 껍질이 셀라의 피부에 스며들었다. 어느새 피는 멎고 상처도 말끔히 아물었다. 비온은 어안이 벙벙한 채 눈만 끔뻑거렸다.

"3년 전, 여기로 오던 중에 아빠는 붙잡혔고, 동생은 죽었어. 남은 우리는 가까스로 도망쳤지만, 눈앞에서 동생을 잃은 엄마는 반쯤 미쳐 있었어. 도피하다 너무 지쳐서 숲속에서 깜빡 잠이 들었는데, 잠에서 깬 내가 본 건 엄마가 홀린 듯이 루트립 껍질을 먹는 장면이었어. 들킬까 봐 비명도 울음도 내지 못했어. 날아가는 엄마를 붙잡는 것 외에는 아무것도 할 수 없었지. 언어를 익히고 나서 대화를 시도했지만, 엄마에게 인간으로서의 기억은 하나도 없었어. 텅커가 된 인간들이 센텀피스 부유층의 쾌락을 위한 놀잇감으로 전락한다는 말을 듣고는 엄마를 더더욱 보낼 수 없었어. 온전한 엄마를 어쩌면 다시 볼 수 있는 날이 올지 모른다는 바보 같은 믿음도 한몫하고 말이야."

페이의 공허한 겹눈이 셀라를 향하고 있었다.

기억이 송두리째 사라진 사랑하는 이를 옆에 둔다는 건 어떤 의미일까. 일상의 배경이 된 고통과 마주하고 살아가는 게 가능한 걸까. 자책감과 의무감 혹은 셀라 말대로 바보 같은 희망이 더 큰지 비온은 알 수 없어서 머리를 저었다. 셀라는 상처가 아물고 딱지마저 오래전 떨어진 사람처럼 차분한 표정으로 말을 이어 갔다.

"나는 뭐 대단한 혁명가도 아니고, 그냥 동니르에서 아빠를 만나기로 해서 기다리는 것뿐이야. 그게 아니었다면, 어쩌면 나도 괴롭기만 한 삶을 포기했겠지. 이 끔찍한 망각의 지옥을 견디게 하는 건 너처럼 자유를 찾아 기꺼이 험지를 택하는 난민들이야. 난 그냥 내가 가진 걸 조금 나눌 뿐이고. 삼 년 전 내가 죽을 고비를 각오하고 이곳에 온 것처럼 그들은 내가 살아가야 할 이유를 되새기게 해. 새 시대가 올 거라는 기대에 찬 눈을 볼 때면 내가 아무것도 잊지 않아서 다행이라고 생각해. 비온, 너도 간절히 원하는 꿈이 있잖아. 날 돕고 싶다면 밖으로 가. 너만의 방식으로 이야기를 들려줘. 사람들의 일상 너머에서 어떤 비극이 일어나고 있는지를."

비온은 두 손을 물끄러미 바라보았다. 무거운 쇳덩이가 올려진 것처럼 떨림이 손끝으로 전해졌다.

"올리버란 네 친구, 한 달 전쯤 여기 왔어. 틀림없이 얼굴은 맞는데, 이름이 게르솜이랬어. 정치범 수용소가 있는 바람의 고리로 떠난다고 했고. 무사히 도착해서 혹시 아빠를 만난다면 동니르에서 셀라가 꿋꿋하게 기다린다고 전해 달라고 했어."

침대에 누웠지만 비온은 몰려드는 생각에 자꾸 뒤척였다. 올리버는 모든 악의 근원은 무지에서 비롯된다고 믿는 부류였다. 언어를 익힌 다음에는 팅커의 사회나 문화에도 관심을 보였을 것이다. 파고들수록 그들이 지금 겪고 있는 부조리와 맞닥뜨렸을 테고, 알았다면 가만히 있지 않았을 것이다.

"나였다면 상관없는 일이라 치부했겠지. 왜냐하면, 난 항상 비겁했으니깐……."

선연한 기억들 사이로 생각들이 이리저리 떠올랐다. 길 위의 삶은 낯설고 두렵지만 얻은 것도 많았다. 내내 컴컴한 바다를 표류하다 이제 막 작은 부표 하나를 발견한 심정인데, 애써 쥔 것을 허무하게 흘려보내고 싶지 않았다. 온몸은 두들겨 맞은 것처럼 피곤했지만 정신만큼은 점점 또렷해졌다. 어제의 여파로 셀라는 긴 잠에 빠진 것 같았다. 비온은 조용히 짐을 꾸려 식탁 위에 편지를 남겼다. 내일부터는 다시 긴 밤이 시작될 것이다.

벙커를 나오자 머리카락같이 얇은 바람이 비온의 얼굴을 어루만졌다. 바람결이 습기에 젖은 향긋한 흙내음을 싣고 와 코끝을 간질였다. 셀라 말대로 나무마다 작은 리본 표식이 있었다. 미로 같은 숲에서 안전하게 빠져나오길 바라는 셀라의 배려였다.

태양을 머금은 암석 산이 은빛으로 빛났다. 하늘을 향해 떠 있는 길고 날씬한 가지들은 타오르는 불꽃을 연상시켰다. 늘 동경하던 풍경의 한복판에 있다는 사실에 가슴이 벅차올랐다. 그리울 때마다 꺼내 볼 수 있게 비온은 숲의 굴곡들을 눈으로 따라 그렸다.

문득 아래를 보는데 수풀 사이에서 반짝하는 작은 섬광이 일었다. 섬광의 정체를 확인하는 순간 혈관을 흐르던 피가 얼어붙는 것 같았다. 중앙에 작은 십자가가 있는 은색 링. 아니라고 변명하기엔 너무도 눈에 익은, 올리버의 반지였다. 설마, 올리버도 환각의 유혹에 빠진 걸까. 머릿속을 몽글몽글하게 채우던 희망, 용기 따위의 단어들이 부글거리면서 검고 찐득거리는 덩어리로 녹아내렸다. 비웃음 소리로 머리가 터져 나갈 지경이었다. 간신히 빛을 밝히던 촛불이 폭풍에 거세게 흔들리며 꺼지기 직전, 비온은 들었다. 아주 작은 목소리가 저항하듯 말하는 것을.

섣불리 단정하지 말자. 보이는 대로 곧이곧대로 믿어선 안 돼. 직접 내 두 눈으로 확인할 때까지 결정을 미뤄도 늦진 않아. 그래, 괜찮아, 괜찮을 거야.

작은 목소리는 확실하게 비온을 다독였다. 실체 없는 불안과 싸우느니 대책 없을지언정 차라리 해피엔딩을 꿈꿔 보기로 했다. 희망을 저당 잡힌 채 가난한 마음으로 부정적인 결말을 그리지 말자고 곱씹었다. 앞으로 또 누굴 길에서 만날까. 어쩌면 조금 앞서 걷는 올리버를 만날 수도 있지 않을까. 셀라가 지금쯤 편지를 봤을까. 보고 나서 어떤 표정을 지었을까. 비온은 잠시 주인 잃은 반지를 손가락에 끼웠다.

'워낙에 생각 없이 나온 터라 미안하지만, 무기 좀 빌려 갈게. 네 덕분에 좁기만 했던 시야가 아주 조금 넓어진 것 같아. 고마워. 이크라비 두 스텟.'

'이크라비 두 스텟.' 팅커 언어로 '다시 만나자'라는 뜻이었다. 비온은 셀라와 무사히 재회할 날이 올 것이라 믿으며 한 번도 가 본 적 없는 땅을 성큼성큼 걸어갔다.

이 책에 수록된 작품 대부분은 내 학창 시절 경험을 빌려 왔다고 해도 과언이 아니다. 사실 요즘의 청소년들이 어떤지 나로서는 잘 모르기도 하고, 여전히 부족한 신인 작가이기에 아무래도 익숙한 감정을 빌려 오는 게 쉬울 것 같았다. 그때의 나는 왜 그렇게 어리석고 나약했는지 소설을 쓰는 동안 씁쓸한 추억들이 떠올라 울컥한 날이 많았다. 하지만 철없을 때 저질렀던 우스꽝스러운 행동과 숨기고픈 결핍의 상당 부분이 내 글의 땔감이 되었으니 어찌 보면 꽤 수지 맞는 인생인지도 모르겠다.

그 시절 공세리, 차도훈 같은 친구들이 내 곁에는 바글바글 족히 한 트럭은 되게 있었다. 조공으로 바칠 종이배를 천 마리쯤 접고 오빠들의 새 뮤비가 나오는 날에는 감동의 눈물을 한 바가지씩 뿌리며 한정판 굿즈를 타기 위해 몇 시간씩 기다리곤 했다. 지루하고 메마른 일상에 오아시스처럼 청량한 각자의 아이돌이 없었다면 나와 내 친구들은 숨 막히는 공교육과 사교육을 견디기 힘들었을 것이다.

내 성격의 단점과 육체의 연약함을 두고 고민한 날들도 많았다. 그 경험을 토대로 임가영, 하연수와 오하라 같은 아이들을 주인공으로 한 이야기가 만들어졌다. 서로의 아픔을 나누고 상처를 끌어안고 자라는 아이들 덕분에 세상은 점차 나아질 거라고 믿는다.

사춘기 때는 멀쩡히 잘 지내다가도 갑작스레 요동치는 감정에 아픈 날이 많았다. 그때마다 의지하고 편하게 마음을 기댄 건 책이었다. 자신만이 경험한 세상을 글로 쓰는 한치열과 잊혀가는 기억을 그리는 파수꾼이 되기로 한 비온처럼 알 수 없는 외부의 힘으로부터 자신만의 우주를 지켜 내는 이들의 이야기는 나를 늘 꿈꾸고 설레게 했다. 부디 이들처럼 자신의 마음을 들여다보고 속삭이는 소리에 귀를 기울여 보면 좋겠다. 내가 원하는 삶의 방향에 계속해서 질문을 던지며 살아간다면 이전과는 세상이 조금 달라 보이지 않을까 싶다.

그 어느 때보다 문학이 절실한 때라고 생각한다. 어렸을 때 나는 물을 사서 마시고, 마스크 없이는 밖에 나가지 못하는 건

감히 생각조차 해 본 적 없는 일이었다. 홍콩의 민주화 시위와 미얀마의 군부 쿠데타 같은 일이 얼마나 비극적인 일인지 잘 알지 못했다.

이렇듯 언제고 나와 상관없으리라 생각한 일을 맞닥뜨리는 순간이 찾아온다. 우리 사회를 이해하고 공감하기 위해서 꼭 필요한 것은 '지식'을 넘어 근본에 가까운 '앎' 그 자체가 아닐까. 혼란스러운 사회를 미리 상상해 보고, 다양한 삶을 간접 경험하는 것……, 이야기는 그렇게 우리의 지경을 넓히며 이곳과 저곳을 넘나든다. 타인과의 간극을 좁히고 예고 없이 다가올 충격에 대비하도록 힘을 키워 준다.

여러모로 힘든 시절이지만 반짝이고 의미 있는 것을 찾는 삶이길, 그 삶이 별처럼 빛나고 우주처럼 풍성해지기를 기도한다.

부족한 글을 선뜻 책으로 만들어 주신 서유재 출판사와 원고를 읽고 따뜻하게 조언해 주신 최상아 작가님, 조규미 작가님께 감사드린다. 끝으로 언제나 사랑의 말로 격려해 주시는 엄마께 이 책을 바친다.

한수언